小学館文庫

小説　クロサギ

夏原武　原案協力／黒丸

小学館文庫

世の中には三種類の詐欺師《さぎし》がいる。

人を騙《だま》しその財物を奪い取るシロサギ。

異性を餌《えさ》として心と体、資産までも弄《もてあそ》ぶアカサギ。

そして、シロサギとアカサギだけを餌として、カモから搾り取った金銭で肥え太った彼らの腐肉を啄《ついば》む……史上最凶の詐欺師。

クロサギ。


フランチャイズチェーン詐欺に騙された父親が引き起こした一家心中事件。生き残ったのは高校生の息子のみ。

悲劇はその瞬間のみ耳目を集めるが、新たな悲劇によってすぐに忘れ去られてしまう。この事件もやがて人々の心から消えていった。

生き残った息子は、一人で生きる決意をした。歪《ゆが》められてしまった人生。曲がってしまったレールから降りることにしたのだ。

やがて彼は自分と家族を破滅させた詐欺の世界へと身を投じることになる。彼が選んだ道は詐欺師を騙す詐欺師になること。

彼の名前は黒崎《くろさき》。

職業は……クロサギ。

プロローグ

　夕刻から降りだした雨は、十一時を過ぎてもやむ気配がなかった。行き交う人々が差す傘も、どれほど役に立っているのだろうと疑問を抱くほど、雨は容赦なく地面を叩《たた》き続けている。秋の雨はあきれるほど冷たかった。

　繁華街から一本奥に引っ込んだ路地も、当たり前のことながら激しい雨にさらされ、側溝からあふれ出た水が徐々に道路の中央を目指していた。その路地に三人の男がいた。

　短髪に薄いサングラスをかけた若い男は、自らの肉体を誇示するかのように胸を張り、雨傘を手にしている。その傘は彼の体ではなく、斜め前、道路の中央に立っている五十代後半と思わしき男に差し掛けられていた。容赦ない雨を体に受け続けながらも、若い男は微動だにしない。その肉体は暑さも寒さも感じないかのように見受けられる。

　両足を広げ仁王立ちになっている男の体は差し掛けられている傘のお陰でどこも濡《ぬ》れていない。白髪《しらが》頭に似合わないがっしりした肉体は内部から噴出するエネルギーによって、もし雨がかかったとしても一滴の水滴さえ受け付けないかのようだ。

　その二人の前、早くも水たまりがあちこちに出来ている道路に、少年が倒れ込んでいる。

学生服に身を包んだ少年はぐっしょりと濡れそぼり震えている。手には包丁が握られている。傘を差している男が何か言おうとしたが白髪頭の男が左手でそれを押しとどめた。

「どうする、小僧。もう一度立ち上がってわしを狙《ねら》ってみるか。相当の覚悟で来たんだろう。一度の失敗でもう終わりか。いいぞ、わしは何度でも相手をしてやろう。誰にも手は出させない。やってみろ。わしを刺してみろ」

どんな雨音でも消すことのできない、深く響きのある声。

「いいのか？　いいのなら、わしは行くぞ。こんなチャンスは二度とないかもしれない、それを忘れるな」

少年は震え続けている。

「早瀬《はやせ》。行くぞ」

傘を差している男は黙ってきびすを返そうとした。

「……待ってくれ……」

か細い声。

「……頼む……待ってくれ」

雨音に消されそうな声。

だが、男は立ち止まり、振り返った。少年はゆっくりと起き上がると、正座した。叩きつける雨が、頭から顔からそして体全体から水を滴らせている。

「俺は……俺はここで終わるわけにはいかないんだ……」

「いい加減にしろ」

傘を差した男が初めて口をきいた。感情も抑揚もない声が冷たく響く。

「行きましょう」

白髪の男を促す。

「待ってくれ……頼みがある……」

少年は包丁を投げ捨てると、両手をつき、頭をゆっくりと下げていく。やがて、その頭は地面に着いた。

「俺を……使ってくれ……」

二人の男は意外な言葉に動きを止めた。視線を少年に移した。

「俺の親父《おやじ》を騙して……俺から家族を奪った詐欺師たちを……俺は許さない。俺は詐欺師を騙す」

とたんに、白髪頭の男が爆笑した。おかしくて堪らないとばかりに、笑い続けた。

「……笑うな……」

少年の振り絞るような言葉に、余韻を残しながら男は黙った。

「お前、詐欺師を騙す詐欺師になろうというのか？　それをわしに頼むのか……わしが何者なのか知った上で」

少年は土下座のまま頷《うなず》いた。

「そうか。詐欺師を騙す詐欺師に……な。しかも、わしのもとで、か。早瀬、どう思う」

傘を差した男は表情を変えず、じっと少年を見続けていた。

少年は頭を上げ、じっと白髪の男を見ている。その目は怒りと悲しみに満ちている。

白髪の男はしばらくその目をにらみ返していたが、ふっと視線を反らした。

「お前にそれができるか……。名前、なんといったかな？」

「……黒崎……」

白髪の男は、再び爆笑した。

「黒崎か、いい名前だ……実に……いい名前だ。いいだろう。お前、クロサギになれ」

男はくるりと反対を向いた。

「早瀬、行くぞ」

二人は路地を進んでいく。少年はその後ろ姿をじっと睨み付けている。

「クロサギ？　クロサギってなんだ……いや、なんでもいいさ。いつか、あんたを必ず……必ず……」

ぐしょ濡れになりながらも、顔を流れる水を気にもせず、少年は二人の後ろ姿を睨み続けていた。雨はさらに強さを増していた。早瀬は桂木《かつらぎ》の体が濡れないように、巧みに傘を操っている。

「桂木さん……酔狂ですね」

「いいじゃないか、早瀬。わしが損するわけではないんだからな。それにしても、冷たい雨だな。ぐずぐずしてると二人とも風邪ひいちまうぞ」

足早になった桂木にぴったりと張り付いた早瀬は、表通りに停《と》めてある大型セダンの中が冷えていることだけを心配していた。奇妙な少年のことなど、もはや頭の中にはひとかけらも残っていない。

平成三年。突然、それはやってきた。四万円目前にまで上がり続けた株価は、反転急降下し、二度と上がることはなかった。東京の土地だけでアメリカすべてを買収できるとまで言われていた不動産価格も同じ動きを見せた。浮かれ続けていた日本人を奈落《ならく》の底に突き落としたこの景気変動は、後に「バブル経済の崩壊」と呼ばれるようになる。

金融機関は軒並み不良債権を抱えることになる。一億円しか価値のない不動産に十億円も貸し付けたツケを払う時がやってきたのだ。不動産を購入しては、それを担保に借金して不動産を購入するという自転車操業を行ってきた不動産業者たちもたちまち立ちいかなくなった。倒産、夜逃げ、自殺……平成の暗い十年間、失われた十年の始まりだ。

もはや日本は再生できないのではないか。世界中がそう思った。しかし、あの焼け跡からはい上がってきた日本人がそう簡単に参るはずもなかった。失われた十年を耐え続けた日本人は、その後の十年でゆっくりと、しかし着実に復興を果たした。

しかし、その十年は本当は五年、あるいは六年で済んだかもしれない。

あの、大規模な詐欺事件が起きなければ。

第一章　贈答詐欺

「あいつか？」

「ええ……いかにもボンボン面《づら》でしょ。あんなのに跡を継がせたんじゃ、きっと死んだ社長も墓の下で地団駄踏んでますよ」

「ま、そういうのがいるから、俺たちもいい暮らしができるわけだ。ああいう馬鹿を産んでくれた社長夫人に感謝しなくちゃな」

「まったくですね」

東京・銀座。高級クラブのソファに身を埋《うず》めながら二人の男が顔を寄せ合って密談している。地味なスーツに身を包み、ちょっと見にはこうした社交場にふさわしい社用族の上司と部下といった趣だ。

「となると、いよいよこいつの出番だな」

上司らしき年配の男が背広の内ポケットから取り出したのは、ガムを二つ重ねた程度の小さな包み。

「撒《ま》き餌《え》は十分にしてありますから」

若い男が下卑《げび》た笑いを見せる。

「活躍してくれよ」

年配の男は包みに軽く口づけをする。その様子に先ほどから手持ちぶさたにしていたホステスが眉間《みけん》にしわを寄せた。

「じゃ、行くか」

二人は立ち上がると、フロアの反対側の席へと向かっていった。先ほどからホステスたちが群がり、嬌声《きようせい》をあげている席だ。美女たちに囲まれているのは、三十歳前後の小太りの男。仕立てのいいジャケットにアスコットタイをし、縁なし眼鏡《めがね》をかけている。それが驚くほど似合わない。

「社長、桶川《おけがわ》社長」

若いほうが声をかける。

「やあ、鷹尾《たかお》さんじゃないですか。このあいだはすっかりごちそうになっちゃって」

「とんでもないですよ、こちらこそ色々と業界のことを教えてもらって本当に助かりました」

「はは、あんな話でよければいくらでもおつきあいしますよ」

鷹揚《おうよう》な態度で応じた桶川は、鷹尾の背後に立って慇懃《いんぎん》な態度で軽く会釈している男に気づいた。

「鷹尾さん、そちらは……？」

「はい、先日お話しした私どもの上司の石垣《いしがき》です」

鷹尾が腰を上げようとすると、石垣はそれを手で制して、

「どうも、うちの鷹尾が大変にお世話になっております。私……角菱《かどびし》石材の石垣です」

差し出された名刺には、大手財閥系の社章がくっきりと型押しされている。

桶川は石垣の肩書き「統括部長」に、一瞬たじろいだ表情を見せたが、ホステスたちの視線に気づいたのか、またもや鷹揚さを取り戻し、名刺をテーブルに置くと、ヴィトンのセカンドバッグから同じくヴィトンの名刺入れを取り出し、

「桶川です」

と名刺を返した。

桶川工務店・代表取締役と書かれた名刺を受け取った石垣は、大きく二度三度と頷き、

「ご先代も立派な方でしたが……、鷹が鷹を産むんですなあ、やはり」

とすかさず持ち上げた。

「いやいや」

まんざらでもない表情になった桶川は、ようやく二人を立たせたままだったことに気づいたようだ。このあたりが、ボンボンの所以《ゆえん》であるし、石垣から見れば絶好のカモの証《あかし》だ。

「どうぞ、よかったらご一緒しましょう」

桶川が促すと、周囲のホステスたちもあわてて席を作り、くちぐちに二人に座るよう

に勧めるのだった。

「そうですか……折角ですから、では少しだけ、な、鷹尾君」

「はい、それに……」

「それに？」

桶川が不思議そうな表情をする。

「いや、鷹尾からも聞いていたんですが、ぜひ我が社ともまたおつきあい願えればと思いまして」

「ああ、その話ですか。実はね、鷹尾さんともお話ししたんですが、角菱さんとの取引っていうのは、記憶にないんですよね。親父からも聞いたことが……」

「それは、あれですよ社長。うちの関連会社があるじゃないですか、あそこ経由ですよ」

「……ええと、ああ、菱要《りょうよう》サービスさん？」

「そうです、そうです」

鷹尾はにこりとする。

「ね、石垣部長」

「まあ、できれば今後は直接取引だとありがたいわけでして……すぐにというのも難しいでしょうから、とりあえず、ご挨拶《あいさつ》がてらおじゃましたわけでして」

桶川の対面に座った二人は、漫才師のような掛け合いで話を進めていく。

今日の場面を作るまでに鷹尾は数回、桶川と飲んでいる。桶川のことを知ったのはホステスからの情報だ。一人七万程度の勘定になるこの店では、鷹尾は上客に入る。天下の角菱系列の会社員を名乗っている。支払いは決まって現金。銀座は請求書による一括払いが当たり前で、通常は二ヵ月程度の猶予がある。客はサインして帰っていき、店は請求書を発送する。客からの支払いがあるまでは、伝票上の売り上げになるわけだが、その売り上げを管理するのは店ではなく、担当したホステスだ。もし、客が不払いを続けたり逃げたりした場合、ホステスが全額弁済しなくてはならない。店は損をしないシステムになっているが、ホステスにしてみればギリギリの仕組みだ。それだけに、鷹尾のように現金で支払ってくれる客は大歓迎なのだ。しかも、一流会社、さらに飲み方もきれいとくれば言うことはない。もっとも、鷹尾がこの店に来る目的は、カモ探しであるから、店に嫌われるような飲み方は絶対にしないし、ホステスに好かれるように努めている。多くの客は女を口説きに来るわけで、口説きはしないものの、楽しい時間を過ごしてくれる客は、なによりのいい客になる。これら複数の要素を兼ね備えた鷹尾は、だからここでは、人気のある客なのだ。

「あそこの客、よく見かけるけど、景気良さそうだねえ」

一月《ひとつき》ほど前に、鷹尾がなじみのホステスに声をかけたのが始まりだ。

「あ、あの人。うん、桶川工務店の社長さんよ」

「へえ、社長かあ。桶川工務店っていうと、家とか建ててるとこだよね、確か、地下鉄の広告かなんかで見た記憶があるなあ」

「地下鉄は知らないけど結構大きい会社だと思うわよ。うちの店でかなり使ってるもの」

「現金か？」

「カードが多いけど、サイン払いはしてないから」

「へえ、そりゃたいしたもんだな」

「あら、鷹尾さんだってそうじゃない」

「ま、俺のはほら、経理からもらってきてる仮払いだから」

鷹尾の受けにホステスが笑う。

「けど、若いのに社長とはたいしたもんだなあ、まだ三十少しだろ？」

「だって……」

「うん？　なんかあるのか」

「あのね、この前までは専務だったのよ、あの人」

「てことは、二代目か？」

「そうなの。お父さんが急死してそれで社長になったんだって。それからよ、しょっちゅう来るようになったのは。前は月に一回か二回ぐらいだったと思うわ」

「さすが社長になると変わるんだなあ」

探していたカモが見つかった。その喜びで鷹尾は少し興奮した。

「今日はシャンパンでも入れてやろうか？」

「え？　ほんと？」

「ほんと。たまには口説きに入ろうかなと思って」

「いいわよ、口説いても」

口説くのはおまえじゃないよ、と鷹尾は思いながら、大勢のホステスに囲まれている社長をじっと見つめていたのだ。

鷹尾からの報告を受けた石垣は、すぐに桶川工務店の調査を始めた。見かけだけで中身がない会社では騙してもうまみがない。仕掛ける以上は、それなりの収穫がなければならないのは、この世界の鉄則だ。

法人登記、個人資産、売り掛け……集められた資料はそれほど特殊なものではない。ほとんどが公開されているものだし、その気になれば調べることは誰にでもできる。だが、それを統合して判断することは、誰にでもできるわけではない。

「いけるな。鷹尾、いつものように、しっかりと地ならしをしておけよ。固まったところで、俺も一回顔合わせに行く。そこで渡せるかどうかは場の雰囲気だが……とりあえず、顔つなぎしておくことにする」

その後、鷹尾は数度に渡って桶川とクラブで同席し、飲みを重ねてきた。おごりおごられだが、鷹尾のおごりがやや上回るように調整されていた。不思議なもので、おごられてばかりでは不信感が生まれるが「一度ぐらい相手のほうが多いかな」程度であると、相手への信頼と同時に借り意識が出てくるものなのだ。

頃はよしと見計らい、鷹尾は石垣を伴ってクラブに顔を出した。彼らの詐欺のもっとも大事な道具、それを桶川に渡すために。

「ところで、社長。仕事の件なんですけど、具体的には我々が入り込む余地というのはあるんでしょうかね？」

「いや、石垣さん、折角お会いしたのにこんなことを言うのはなんですが仕事の話は改めてにしませんか？　酒の入ったところで仕事の話をして、間違いがあるといけないし」

「さすがですね、社長」

鷹尾が間《あい》の手のようによいしょする。

「そうだね、鷹尾君。失礼しました社長、改めて是非時間を作ってください」

「そうですね……じゃあ、明後日あたりはいかがですか」

「ありがとうございます。御社のほうに伺わせていただきますので……」

「昼前後なら時間ありますから。今日はとりあえず楽しく飲みましょうよ」

「は、じゃあ、もう少しだけおじゃまさせていただきます」

水割りのグラスを手にすると、三人は軽く乾杯の姿勢をとる。ホステスたちも小さめのグラスを持ち上げる。

「桶川社長のますますのご発展を」

「いやあ、ありがとうございます」

「かんぱーい」

石垣がそっと鷹尾に目配せする。（上々のカモだな）と。

三十分ほど、三人は談笑し、頃合いを見計らって石垣と鷹尾は席を外した。明後日の再会を約束して。

二日後。鷹尾と石垣は桶川工務店の社長室にいた。先日同様、二人は地味なスーツに身を包んでいる。

「社長、先日はありがとうございました。うちの常務に話しましたところ、桶川工務店さんには是非にもおつきあい願えと厳命されまして」

「いや、こちらこそ楽しい時間でしたよ。しかしねえ、すぐにどうこうっていうのは、取引先もある程度は固まってるし……」

「それはもちろん、分かってます。ただ、新しい器には新しい酒、と言いますでしょ？」

「それは……？」

「先代が立派な方だったことはよく存じ上げてますし、社長がその遺訓を守ってがんばっておられることもよく分かっております。けれども、体制が変われば流れも変わります。首相が替わったのに官房長官が同じじっていうことはないじゃないですか」

よく分からぬ喩《たと》えだが、黙っていると馬鹿だと思われるのが怖いのか、桶川は声を立てて笑うと、その通りだと頷いてみせた。

「ちょうど、決算期がくるから、それが過ぎてからでよければ……」

「もちろんです。あくまでも御社の……社長のご判断で結構です。よろしくお願いします。こちらにうちの資料も用意してきましたので、ごらんになってください」

石垣が促すと、鷹尾がアタッシュケースから封筒を取り出す。おなじみの角菱の社章の入った封筒だ。

「うん、見ときますよ」

「こうして社長にお会いしてると先代を思い出しますな」

「親父ですか？」

「ええ、先日はああいう席だったので差し控えたんですが、菱要サービスがおつきあいいただいた頃に何度か、お会いしてまして。ご葬儀にもおじゃまさせていただいたんですが……」

「いや、それは気づかなかったなあ、失礼しました」

「いえいえ、あれだけの多人数ですから。先代はおっしゃってました。息子には俺にない社交性がある、あいつの時代に桶川工務店はきっと変わる、きっと良くなる。そうおっしゃってました」

「ほんとですか？　親父が？」

「ええ。食事でご一緒したときや、会社の応接室での雑談の時ですが。先代は外でお酒を飲まれませんでしたからね、あれこそ真意じゃないかと。私にも、息子には話さんでくれ、と言ってましたよ。天狗《てんぐ》になるといかんからって」

桶川の小鼻がふくらんだ。おそらく親父にほめられたことなどないのだろう。

相手をはめるとなれば、死人のことも調べるのは当然のことだ。石垣は、先代の桶川社長のことをよく知る人間に接触し、その趣味嗜好《しこう》や親子関係のことも把握していた。馬鹿息子の愚痴をよく聞かされた、と。

「まあ、いろいろ変えなくちゃとは思ってますよ。今時は、社名も工務店じゃ古くなってるしね。ただ、桶川の名前は残さないといけないとは思ってますけど」

「さすがですね。先代がおっしゃった通りだ。古いものを継承しつつ、新しい血を入れる。経営というのはそうでなくてはいけませんから」

鷹尾は横で聞いていて吹き出しそうになっていた。普通の感覚の持ち主なら、ここまでよいしょされたら危険信号が灯《とも》る。ところが、この馬鹿社長は小鼻を膨《ふく》らまし反《そ》っくり返っている。こんなカモは滅多にいない。これなら、確実に餌に食いつくだろう。

「これからのお付き合いをお願いするのと、先代への御礼、そして何より新社長の新たな船出を祝うということで、今日はこんなものを持ってきました。いえ、決して、だから仕事をしましょう、というような打算ではありません。あくまでも、お近づきの印に過ぎません。社長が物で心を動かさないことぐらい、よく存じてますので」

石垣は、先日クラブでも取り出した小さな包みをテーブルに置く。

「なんですか？」

「社長にふさわしいものです。ぜひ、お手にとって見てください」

桶川は言われるままに包みを手にした。さほど重い物ではない。包みを開くと、中から出てきたのは、印章ケース。錦《にしき》模様が美しい。

「印鑑……ですね」

「はい。差し出がましいとは思ったのですが、やはり社長ぐらいになると、判子一つ押されるにしても、それなりの品格が必要かと思いまして……」

ケースを開くと、中には象牙の印鑑がどっしりと坐っている。

「象牙ですね、最近は禁止されていて、もういい物はないって聞きましたけど……これはなかなかのものですね」

もう、顔が緩んでいる。

そっと印鑑を取り出す。印面を眺め、そして試し押しをしようかと持ち替えたところで、動きが止まった。鮮やかな輝きが桶川の目を射たのだ。

「……！　ダイヤ？」

印鑑の端には一カラット以上はあると思われる見事なダイヤモンドが象眼されていた。

「いかがですか？　お気に召していただけるとうれしいんですが」

「気に入るも入らないも、こんなすばらしいもの……」

桶川はすっかり見とれている。

「しかし、ちょっと高価すぎて受け取るわけには……」

「いえいえ、原価で考えれば決してそれほどのものではありません。もちろん、象牙もダイヤもどこに出しても恥ずかしくないものですが……正直言いまして、系列の角菱商事から譲ってもらったんですが、規制後の象牙ですんで、表に出して売るわけにもいきませんし、何より篆刻家《てんこく》としては超一流の方にすでに刻印していただいてしまったので」

「そうですか……いやあ、それにしても、これは」

しっかりと握りしめている。

「先ほども申し上げましたが、社長ほどの立場でしたら、やはり印鑑は重要だと思います。運命が開けるといったインチキ宗教のことじゃありませんよ。あれは、価値のないものに、馬鹿高い値段をつけてるだけでして、ロクなものじゃありません。印鑑が運を開くんじゃやないんです。印を押すかたが運を開く力があるかどうか、印鑑はそれを助ける……というとおこがましいですが、運の強いかたにふさわしいだけの価値が必要だ、そう思いまして」

「そうですか……折角のものだし、お断りしても度量が狭いと思われるといやだし……」

体面を多少は気にしているものの、桶川の表情は露骨に「欲しい」と訴えている。

「決算期が終わりましたら、ぜひ、その印鑑で当社との契約書に押印していただけるとうれしいものです」

「ははは、石垣さん、あなたも商売人ですね」

石垣も合わせて笑う。鷹尾もとってつけたような笑いを見せる。

三人は同じように笑っているが、その意味は大きく違っている。無邪気に笑っているのは桶川ただひとり。この印鑑を手に笑うことは、もう二度とないだろうと嘲笑《ちょうしょう》しているのが石垣と鷹尾なのである。

桶川が地獄を見たのは、わずか三ヵ月後のことだった。石垣から印鑑を受け取ってから商売も順調に進み「運の強いかた」とは自分のことなんだな、などとほくそ笑んでいた桶川。銀座のクラブ通いもますます過熱気味になり、昼間はヘアデザイナーをやっているという美咲《みさき》というホステスに入れ込んでいる始末だった。

その日も、前夜の酒が残っているため出社したのは午前十一時。今夜こそ、美咲をホテルに連れ込んでやる、飲み過ぎて脂ぎった顔を光らせながらドアを開けた。

「社長……」

常務が近づいてきた。まるで時代劇に出てくる番頭のような男だ。ダメな若旦那《わかだんな》を叱咤激励《しったげきれい》する先代からの奉公人。桶川の顔を見れば必ず叱言《こごと》を言う。昔はいちいち反発していたが、社長になってからは聞き流すことにしている。「銀座もほどほどに」「今日は大事な契約ですから」毎度の繰り言に慣れてしまったのだ。

「うん、分かってるよ、常務。今日はちゃんと契約に出るから」

「な、何を言ってるんですか、社長。大変なことになってるんですよ」

「大変って……何が？」

常務の顔は真っ青だった。

「こ、これを見てください」

常務は十数枚の契約書を桶川に突きつけた。

「契約書？　それがいったい……」

「代金未納だと連絡が入ってるんですよ、この契約相手すべてから」

「未納って、そんな馬鹿なことはないだろう。支払日にはきちんと確認したじゃないか。だいたい、それはあんたも知ってるはずだろ」

あんた、と呼ばれて常務は気色ばんだ。

「確認も何もね、この契約書の相手はいままで聞いたこともない、一度も仕事もしたことのない相手なんですよ！」

「はあ？　何を言ってるんだ」

「とにかく、押しかけてるところもあるんで、一緒に来てください」

常務は桶川の腕を引っ張ると応接室へと連れ込んだ。

そこには、見知らぬ男たちがいた。いずれもどこかの社員と思われるが、桶川にはまったく覚えがない相手ばかりだ。

「あんたが社長か」

「社長の桶川ですが、いったいどういうことなんですか？」

「どういうことだと？　それはこっちが聞きたいな。契約しておいて、金を払わないってのはどういうことだ。あんたは、詐欺師か？」

「ば、馬鹿なことを。あなたの会社と私がいつ契約したっていうんですか？」

「契約書、見てみろ」

桶川は常務が握りしめている契約書を引ったくるようにして奪い取ると、せわしく目を通した。

足下が崩れ去るような衝撃がそこにはあった。いずれの契約書にも自分の名前が書かれている。筆跡も自分のもののように思われる。だが、書いた覚えはない。偽造されたに違いない。

「こ、こんな契約書を書いた覚えはない。そっちこそ詐欺師じゃないのか、出るところに出るぞ！」

「なんだと。金を払わずにこっちを詐欺師呼ばわりか。だったら、聞くが、そこに押してある社判はあんたのとこのものじゃないのか？」

あわてて桶川は印章を確認した。

「この判子は……まさか！」

まさに、その印章こそ石垣からもらったダイヤモンド入り象牙の印鑑に違いなかった。

だが、おかしい。あの印鑑を会社の実印として登録したのは、ほんの一月《ひとつき》ほど前のこと。それなのに、契約書はどれもそれ以前の日付になっている。

「いったいどういうことなんだ？　なんで、この契約書にあの印鑑が押されてるんだ？　そんな馬鹿なことがあるはずがない！」

「それはこっちが聞きたいな。なんでもいいが、払わないのなら、こっちこそ法的な手続きをさせてもらうから、覚悟しておけよ！」

男たちは、そう言うと応接室を後にした。

「社長……いったいどういうことなんですか？」

「だ、騙されたんだ」

「騙された？　誰にですか？」

「あの、石垣というやつだ。あいつが、俺をはめたんだ」

「はめたって……」

「くそ、あの印鑑のせいで……」

「社長、まさかもらった印鑑を実印登録したんじゃないでしょうね？」

すべてが終わる時というのは意外とあっさりしているものかもしれない。桶川はあきれかえっている常務の顔を見ながら、がっくりと膝《ひざ》をついた。

「おまえに会社の経営なんか絶対に無理だ」

顔を見ればそう言っていた親父の顔が浮かぶ。

「大丈夫よ、がんばれば、ね？」

いつもかばってくれたお袋の顔も浮かぶ。

眼鏡のレンズが曇る。

涙？　桶川は不思議そうな表情で、自分の頬《ほお》を撫《な》でた。

とりあえず、銀座には行けなくなりそうだな……なぜか、それが一番強く脳裏に浮かんだのだった。

「贈答詐欺？」

一年中薄暗いバー「桂《かつら》」のカウンター。黒崎はスツールに腰を下ろしながら、つぶやくように答えた。

桂木はいつものように、ややうつむき加減になりグラスを拭《ふ》いている。柔らかな布、なんという生地なのか、何度聞いても教えてもらえないその布は、まるで魔法がかかっているかのように、グラスを透明にしていく。いつか、完全に見えなくなるんじゃないだろうか、黒崎はそう思いながら、桂木の手元を見つめた。

「なんかつまんなそうな仕事だね。印鑑を使って詐欺をやってるなんてさ、小物の証みたいなもんじゃない。それにしても、贈答詐欺って今でもやってるやつがいるんだ。もしかして、リバイバル？」

ため息まじりに話す黒崎のほうを桂木はまったく見ようとしない。何よりもグラスが気になって仕方がない、そんなふうに見える。手元にあるグラスを磨くことをやめたら死んでしまうかのように。

「やってるのは、石垣徹《とおる》と鷹尾礼二《れいじ》という二人組だ。石垣は鷹尾の上司という役回りで出てくることになっている」

ポンとふたりの写真がカウンターに置かれる。

「石垣は五十歳、鷹尾は二十八歳だ。二人の手口はいつも同じだ。鷹尾がカモを見つけては仲良くなり、仕事の話に持ち込む。石垣が挨拶代わりにと印鑑をプレゼントする」

「それを実印にさせるってわけか」

「そうだ」

「けどさあ、そううまくいくのかねえ。人からもらった印鑑を実印になんて……あまりにも間抜けじゃないか。まあ、それなりの企業だったら引っかからないだろ」

「年商五十億円の桶川工務店が倒産した」

「へえ、そりゃまた……もっとも桶川工務店なんて聞いたことないけど、結構な破壊力あるんだね、その印鑑詐欺……贈答詐欺も」

「上場していなくとも利益のいい会社はある。それを見つけるのも詐欺師の腕次第だ」

「ははは。そりゃ違うだろ。あんたらは被害者を見つけるんじゃなくて、作り出すプロだろ」

桂木の目がすっと細められる。しかし、視線は相変わらず手元に向かっている。

「ま、でもあれだね。年商五十億円の企業を喰《く》うっていうのならたいしたもんだ。なけなしの金をはたいてやっと開いたチェーンがインチキフランチャイズだった、なんていう誰かの話よりはずっとね」

「雑談を続けるならよそでやってもらおうか」

「雑談、ね。ま、いいか。けどさ、印鑑がいくら登録されてたって印鑑証明はどうなってんだよ」

「三ヵ月の有効期間か。契約書自体に疎漏がなく、記名押印が真正と認められれば、証明がなくとも契約は有効になる」

「なるほどね。プレゼントした印鑑を事前にたっぷりと押しまくったって訳だ。本物の契約書さえ手に入れれば、サインの偽造なんてのは訳のないことだし」

「社長の桶川は夜逃げした。会社は破産手続きに入っているようだ」

「ふん。ずいぶんと儲けたようだね、この二人」

「で、こいつら、いつもクラブでカモを引っかけてるわけ？」

「そうだ。それもそこに書いてある。いい店だぞ、おまえには百年は早いがな」

「は。俺はそういうとこに使うほど金持ちじゃないからね」

はじめて、桂木は黒崎に視線を投げかけた。無駄な話はいい、というように。

「どうする？」

「聞くまでもないだろ。つまらない相手だとしても立派なシロサギだ。俺は、この世のシロサギを喰い尽くすまで……クロサギをやめない」

二人の写真、そして資料をつかむと、黒崎は桂を後にした。

カウンター奥のドアが開く。短髪にサングラス、鍛え上げられた体をダークスーツにくるんだ男が現れる。あの、豪雨の中で桂木に傘を差し掛けていた男、早瀬だ。

「大丈夫ですか？」

「何が、だ」

「石垣を喰わせるのはいいでしょうが、石垣の背後には……」

「わしはな、早瀬」

「はい」

「裏切りを許さないことで、今日まで生きてきた。わしが作り出す詐欺の設計図は、いつも安全領域を広くとっている。十億円騙せるものなら、六億円程度で納める。欲をかきすぎてはカモと同じことになるだろうが」

「もちろん、それは存じ上げてますが……」

「だがな、人間は欲深い生き物だ。十億円の設計図を渡すと誰もが八億円、九億円まで儲けようとする、騙そうとする。もちろん、それでも大丈夫なようにはしてある。ところがその設計図をコピーして百億円騙してやろうと考えるバカもでてくる」

「やつのことですか」

「そういう人間はわしにとってどういう存在だ、早瀬」

「……裏切り者……」

「ならば話は簡単だろう。石垣も同じことだ、やつと今でも組んでいる以上はな」

「もし、黒崎が勢いづいていったら……」

「さあ、どうなるかな。やつは、やつの親父を騙した御木本《みきもと》を恨み、その御木本に設計図を売ったわしを恨んでいる。石垣を喰うことはもしかすると、やつの恨みを晴らす道につながるかもしれんな」

「楽しそうですね」

「そりゃ楽しいさ。わしはな、設計図がどう機能したかよりも、設計図とは違った動きが起きることが一番楽しい。もっとも、その動きもわしの計算内だがな。裏切り者はいつか必ず正体を見せる、わしはそれを待っているんだ」

桂木は、磨き上げたグラスに水を満たすと一気に飲み干して、グラスをじっと眺めた。

「いくら磨いても一度水を入れれば曇ってしまう。どうしたら、きれいなままにできるかな、早瀬」

早瀬は黙っている。

「もしかすると黒崎はその答えを知っているかもしれんじゃないか。楽しみだ」

持っていたグラスを流しに置くと、桂木はアイスピックを握りしめ、鋭く振り下ろす。グラスは砕け散る。

「グラスを割らずにすむかもしれんじゃないか」

唇の端に笑みが浮かんだように見える。サングラスの奥で早瀬の瞳《ひとみ》がおびえの色を見せていた。

「思ったより簡単でしたね」

「桶川、か。ま、あんなもんだろう。ああいうバカはいつも同じだ。世の中が悪意に満ちていることを理解していない。母親に甘やかされ父親から疎んじられた人間の末路、だな。父親が最大の敵、なんて人間がまともに育つはずもない。倒すべき敵がいなくなれば、後はすべて自分の意のままになると思っている。馬鹿なやつさ。会社でトップになってはいかんのだああいうやつは。せいぜいクラブのホステスに褒《ほ》めてもらえばいいんだよ」

「まあまあ、そういうのがいなけりゃ、こっちの商売に差し支えるじゃないですか、石垣さん」

「ま、そうだな」

「あとは桶川工務店の債務整理ですけど……」

「そっちのほうは俺たちの仕事じゃない」

石垣はたばこを深く吸い、そして煙と一緒に吐き出すように、

「あとは綿貫《わたぬき》さんがやる」と呟《つぶや》いた。

「じゃあ、俺は……」

「新しいカモを探しておけ。俺たちは地道に仕事をしていくんだ。それが、この世界で長生きする秘訣《ひけつ》だ。綿貫さんに任せておけば、心配はないしな」

「分かりました」

じゃあな、と石垣は鷹尾に声をかけると、足早に夜の闇《やみ》に消えていく。

「綿貫さん、か。どんな人か知らないけど、おいしいとこはみんな持っていくんだよな。

ま、いいか。俺は余計なことを知らないほうが。さてさて、次のカモ探しでもするかね」

二人の様子を道路脇に停まっている車からじっと見ている男がいる。口には棒付きの飴《あめ》。黒いコート。

「カモなんてそう簡単に見つからないよ」

黒崎だ。

「だから、俺がおまえらの望むとおりのカモになってやるよ。ちゃんと、ネギを背負《しょ》ってな。じゃ、準備に入りますか」

二人が消えるのを確認すると、黒崎はイグニッションをひねる。低くエンジンがうなる。車は太い排気音を残して走り去っていった。

翌日からの黒崎は多忙だった。ネギを背負ったカモになるための、いわばクロサギがクロサギとしての道具立てをするからだ。

「詐欺は門構え、だもんな」

そう呟きながら、黒崎は休眠法人を用意し、テナントを物色する。

「奴らもそれなりの詐欺師だ。にわか作りの法人じゃ信じないだろうが、こいつならな」

黒崎はぽんぽんと法人登記簿をたたく。

「設立五年ってのはちょっと浅いが、ベンチャーならそんなもんだろ。何しろ、資本金がでかいし……場所がいい。やっぱりヒルズじゃないとなあ」

法人の資格だけが残って実際には活動していない存在、それが休眠法人。専門のブローカーから買い取るわけだが、値段はまちまち。設立が古いもの、登記場所が遠方にあるものほど普通は高い。本店を移動させて過去を分からなくする必要があるからだ。だが、今回の黒崎の仕事では、その必要はない。むしろ、今流行りの場所で流行りの仕事をしていると思わせたほうがいい。

「こいつなら、あいつら喜んで喰いつくだろうよ。あとは撒き餌か。クラブ通いなんて、普通の男なら喜ぶんだろうけど……」

苦手だな、と呟く。

「若手ベンチャー系っぽい格好かあ。ノーネクタイは基本として、ブランドのジャケットにシャツ、パンツ……。はあ、軽薄って感じだよな。あとは、これまたお洒落《しゃれ》な伊達《だて》メガネでもかけますか」

鏡の中にはいかにもな感じの青年が立っている。

「うそくせー」

苦笑いする黒崎。だが、目はすでに獲物を狙うそれになっていた。


数週間後、銀座。鷹尾がいつものクラブで飲んでいる。石垣に言われて翌日からクラブに来ているのだが、さすがにカモはすぐに見つからない。席にはいつものホステスがついている。

「ねえ、鷹尾さん、聞いた？」

「何を」

「桶川さんのところ倒産したんだって」

「ほんと？」

「知らないの。社長、夜逃げしたんですって。ほんと、うちもサインじゃなくて良かったわってママが言ってた」

「やれやれ。怖い世の中だねえ、昨日王様今日乞食《こじき》ってとこかい。ま、俺もサインじゃないから、一文無しになっても安心だな」

「いやだあ」

他愛《たわい》のない会話。鷹尾はこういう会話が好きだ。

と、鷹尾の視線が止まる。

「ね、あの人、最近よく見かけるけど？」

「誰？」

「ほら、あそこの若い人だよ」

「……ああ、あの人。ええと、誰だっけなあ、あ、ちょっと美咲ちゃん」

桶川が熱心に口説いていたホステスを席に呼ぶ。

「ね、あの人って誰だっけ？」

こんにちはお久しぶりと鷹尾に挨拶した美咲はさっとヘルプ席に座った。

「先週ぐらいからマメに来てますよ。確か、ウイングブレイドっていうＩＴ系のベンチャー企業を経営してるって。名前は……篠崎《しのざき》さんだったかしら」

「あら、名前ちゃんと覚えてないの？」

「だって、私の係じゃないもん」

「現金ねえ。桶川さんが飛んじゃったんだから、しっかりしなくちゃダメじゃない」

「はーい」

「はは、大変だな、みんな。でもさ、社長にしちゃずいぶんと若くないか？　二十歳ってことはないだろうけど、二十代前半だろ？」

「あらあ、鷹尾さんにしちゃずれたこと言うわね」

「何が？」

「ＩＴ系だったらそんなもんでしょ。大学生時代に会社を作る人も多いじゃない」

「そうそう、そう言ってた。確か、大学生時代に作って……今年で五年目とか」

「へえ、そりゃたいしたもんだな」

「紹介してほしいの？」

「うーん、ほら、桶川さんとはさ、やっと仲良くなれるかなあって時にあの始末だったろ。ちょっと困っててさ。あの件で、俺、グループ内だけど異動になったんだよ」

「かわいそう……なんてね」

「なんだよ、なんてねって」

「グループ内なんでしょ。いいじゃない、天下の角菱なら」

「でもさ、ここらで点数あげておかないと、それこそ最果てに飛ばされちゃうよ。そしたら銀座にも来れなくなっちゃうじゃないか」

「それは困るわね。でも、関係あるの、今の仕事と？」

「そうだなあ、ＩＴだったら関係ないとはいえないな。今度の部署は企画を考えたりする仕事もやってるから。代理店っぽい仕事だよ」

「あら、それならいいじゃない。紹介してあげるわよ」

「じゃ、遠慮なく」

鷹尾はホステスに促されて席を立つ。ゆっくりと黒崎こと篠崎の席に向かっていく。

黒崎はホステスと談笑しながらも、視界の隅でその姿をとらえていた。

カモをひっかけようと思って近づいていく鷹尾だが、自分が黒崎の撒き餌に引き寄せられていることに気づきはしない。

「篠崎社長、ちょっといいかしら」

ホステスが声をかける。

「ん？　何？」

「あのね、こちらの方が社長を紹介してほしいって……」

この時の二人の表情は第三者からは、どう見えたのだろう。高級クラブに出入りができる二十代の若者二人、社会的な成功者、格差社会の勝利者……そんな具合だろうか。実際にはクロサギとシロサギが互いを獲物であると信じて疑わない対面だったのだが。

「ウイングブレイドの篠崎社長さんですね。私、株式会社イージェストの鷹尾と申します。お楽しみのところおじゃましてすいません」

「いやあ、篠崎です。あ、名刺切らしてたかなあ、あったかなあ。……あったあった」

ポケットから無造作に取り出した名刺。鷹尾が差し出した名刺を片手で受け取ると、ちらっと眺めてすぐにポケットにしまう。なんとも不作法な、だがいかにもＩＴベンチャーの社長らしい振る舞いだ。

「実は、先日から社長の顔をお見かけしまして……まさかあのウイングブレイドの社長とは存じませんで」

「あの、っていうほどたいした会社じゃないよ」

「いえいえ」

「たいしたことないって、車だってさあ、まだフェラーリしかないんだから、いやになるよ。アストンマーチンぐらいじゃないと恥ずかしいじゃん」

「格好いい、社長」

「社長じゃないって言ったろうが、ＣＥＯだよ、ＣＥＯ」

鼻持ちならない、とはこういうことを言うのだろう。鷹尾も憮然《ぶぜん》としている。

「あ、鷹尾さんだっけ。坐れば」

「……じゃ、少しだけおじゃまします」

「またまた、少しなんて言ってないでさ、ぱっと飲もうよ。お金なんてのはさ」

黒崎は金メッキされているモトローラを取り出す。

「こいつでちょこっとやれば儲かるんだから」

「携帯コンテンツですか？」

「まあね。そろそろ下火っぽいけど、まあうちは手がけたのが早いからね」

「そうですか、じゃあ、ライバルかもしれませんねえ」

「あれ、そうなの？　おたくは何やってる会社なの？」

「うちも携帯やネット関連のコンテンツや企画をやっておりまして……」

「へえ。いい企画があれば聞いてあげてもいいよ。何？　少し仕事の話でもしちゃう？」

「はあ」

「んじゃあ、お姉さん方はちょっと席外してくださ〜い」

一方的なペースに鷹尾は呑まれ気味だ。ホステスのいなくなったソファ席に取り残され、居心地はあまり良くない。

「携帯コンテンツもさあ、正直言うと頭打ちなわけ。エロ系ならまだ多少は儲かるけど、それだってよっぽどじゃないと採算とれないしね」

「やはり先見の明ですよね」

「当たり前じゃん。インターネットじゃさ、ウイナー・テイクス・オールっていうんだよ、知ってる？」

「ういなあ？」

「勝者がすべてを持っていく、てこと。負け犬にやる餌はないってことだよ」

「厳しいですねえ」

「だからこそ、勝ち組になれば、でかいわけ。しかもさ、うちなんか正社員は十二人、あとはSOHOの在宅勤務だから、人件費もぐっと少ないしね。せっかくのITなのにさ、どでかい部屋に机いっぱい並べるなんてバカでしょ」

「ですねえ。おっしゃる通りですよ」

「で、いい企画ある？　みんなさ、適当に企画持ち込んでくるけど使えるのはほとんどないんだよ」

「篠崎社長、うちがいま企画しているのはもっと上質なものです。うちの会社自体は、角菱系列とはいっても末端ですし、世間的には知名度はほとんどないんですが、持ち株のメインは与田《よだ》プロダクションなんですよ」

「与田プロって芸能の？　あの、なんていったっけ人気の女の子アイドルグループとかイケメンがいる？」

「ええ、そうです。ですから、ウチが出す企画でしたら、与田プロのタレントがそっくり使えるんです。つまりは、独占コンテンツが簡単にできるというわけです。実は、企画自体はもうほとんどできあがってまして、私はどこに配信してもらえばいいか、それを探していたんです」

「へえ、あんたが責任者ってわけ？」

「……え？　ええ、まあ。いちおう統括部長がいまして、現場は私が……」

「なるほどねえ、それならうまみがあるかもしれないなあ。独占でやるとして、サイト構築があれだろ、でもってギャラがこれで、接続料がそれだから」

　黒崎は携帯を電卓画面にして計算し始めている。

「ま、ま、社長。企画段階ですから、詳しいことはですね、うちの部長と一緒にオフィスのほうででも……」

「ん？　ああ、そっか。いやあ、つい計算しちゃうよねえ。億単位かなあ、なんてさ」

「はは、さすが」

「じゃあさ、オフィスで待ってるよ。住所はその名刺にあるから」

　シロサギとクロサギは、互いに「うまくいった」とほくそ笑み、挨拶をする。シロサギは席に戻りながら、うまいカモを発見したと喜んでいる。よもや、自分が餌になるとは思ってもいない。

「ちょっと電話」

　鷹尾は席を外すと、店の外に出た。

「あ、石垣さんですか。いいカモ見つけましたよ。ええ、ＩＴ系の社長です。いかにもって感じですけど、金はありそうですし、何でも自分で決めてるってワンマンタイプですよ。ええ。ウイングブレイドっていう名前です。はい、分かりました。じゃあ、明日事務所のほうで」

さて、今度はいくらぐらい騙せるのか、自分の取り分はいくらになるのか。鷹尾はさきほどの黒崎と同じように、電卓を叩きたい気分で帰路についた。

翌日。

「調べたところ、なかなかの優良株だったぞ。設立は五年前。もともと品川《しながわ》近辺でスタートして、今はヒルズに個人事務所、会社はすぐそばのオフィスビルに入っている。このあたりもいかにもだな。自分はヒルズの住人だが、会社はヒルズである必要はない」

「ほんと、なんとも生意気なやつでしたよ。自分は勝ち組だとか、ウイナーなんとかだとか言ってて」

「ウイナー・テイクス・オールか……なるほど騙しやすそうなやつだな。この世界、カモが勝利者になることなど絶対にないんだがな」

「まったくですよ。で、例の手で行きますか？」

「もちろんだ。ＩＴだろうとなんだろうと、所詮《しょせん》は会社だ。日本の場合はまだまだこいつが必要だ」

石垣はテーブルに置かれているミラーコーティングされた箱を指さす。

「なかなかのもんだろう」

箱の中には鈍色《にびいろ》の金属製印鑑が入っている。

「ＩＴ社長さんにはピッタリだろうが」

二人は顔を見合わせて笑った。

と、石垣の携帯が鳴った。

画面に表示されている名前に、石垣の顔が歪《ゆが》む。

「はい、石垣です。ええ、大丈夫です。ちゃんと回しますから、ご心配なく。いや、今ちょうどいいのが見つかりまして、ここを始末すれば問題ありませんから、ええ。はい、分かりました」

不愉快そのものといった表情で、電話を切る石垣。

「大丈夫ですか？」

「綿貫さんと連絡が取れないからってこっちにかけてくるなっていうんだよ、ヤクザが」

「……フロントですか？」

「ああ。なんかな、綿貫さんが約束した金の期限が迫ってるけど大丈夫かって。まだ二週間も先なのに、まったくあいつらはうるさいよ。こっちが必死に騙してるのにあいつらは、その上前はねるだけだからな」

「……………」

「ま、いいさ。綿貫さんがドジを踏むはずもないし、こっちもカモが見つかって上々だ。きっちりとカタにはめてやらんとな」

石垣は立ち上がると、たばこに火をつけた。

「とりあえず、やつのオフィスでこいつを手渡してしまえばこっちのもんだ」

まぶしいほど光っている金属製の箱をいとおしそうに持つ石垣。

鷹尾はそれを見ながらもどこか上の空の表情になっている。

「石垣さん、今度の仕事がうまくいったら少し余計に回してもらえますかね」

「何？」

「いやあ、俺もそろそろマンションぐらい買いたいんですよ」

「ばかやろう、おまえ、銀座の高い店でたっぷり遊んでるじゃないか。分け前だっておまえの仕事から言ったら十分すぎるくらいだぞ。いい気になるなよ」

「……銀座は仕事だし……」

「おまえの代わりなんかいくらでもいるんだぞ」

「そういう言い方は……」

「いやならやめろよ、鷹尾」

すいませんと頭を下げた鷹尾ではあったが、その目には静かな怒りが見える。


「うまくいってるようだな」

「当たり前じゃん」

バー桂のカウンター。いつものように、桂木はグラスを拭き、黒崎はスツールに斜めに座っている。

「でさあ、相手の餌を受け取るのは、例のインチキ会社でいいんだけど、こっちが仕掛けるには他の場所で決めたいんだよね。会社のほうはさっさと撤去しちゃいたいし」

「ほお。すばやく決めて逃げようという訳か」

「当然。ぐずぐずしてていいことなんかないからね。なあ、オヤジ。どっか教えてくれよ。さすがにあの銀座の店って訳にはいかないしさあ」

「銀座の店、か。おまえ、そういう所にも顔を作っておいたほうがいいんじゃないか」

「いやいや、俺には百年早いから」

黒崎はおどけたように手を顔の前でひらひらさせた。

それには乗らず、桂木はコースターを一枚裏返すと素早く何かを書き込んだ。

「ここがいいだろう」

「ん？　クラブさくらみち、か。桜ビル……しゃれたビルだねえ。高級なの？」

「おまえには……」

「百年早い？」

「一生縁がない」

「そりゃ、どうも。んじゃあ、ここにすっけど……」

「大丈夫だ。そこはな、伊達や酔狂の一流ではない。警察関係者など絶対に出入りのしないところだ」

「そういう一流なわけね、さすが。じゃ、喜んで使わしてもらいますよ」

黒崎、コースターをポケットにしまう。

「石垣をきっちりはめる舞台に、ね」

第二章　さくらみち（贈答詐欺2）

東京・港区《みなとく》、黒崎が用意したダミーカンパニー「ウイングブレイド」が入っているビルの前に石垣と鷹尾が立っている。

「ほお、なかなかのビルだな。ここの八階に入ってるんだな」

「ええ、調べたところ八階の全フロアを借りているようです。もっとも、会社として使っているのは一部で、残りは篠崎の趣味や休憩のための部屋らしいですけどね」

「贅沢《ぜいたく》なやつだな。ビル・ゲイツにでもなるつもりなのか？」

「まあ、その夢も今日で終わりでしょうけど」

「まったくだ。さて、行くか」

　エレベーターを降りると、目の前に現れたのはウイングブレイドのロゴが刻まれた大きな壁と、その前にある受付。受付嬢はおらず、代わりにタッチパネル式のインターフォンが置いてある。

「いかにも、だな。外資のまねだな」

　石垣はタッチパネルを操作し、社長室と書かれた画面に触れる。

入り口の自動ドアが音もなく開く。

「やあ、鷹尾さん」

そこには笑みを浮かべた黒崎が立っていた。

「先日はどうもね。今日はよく来てくれましたね」

「こちらこそ、ありがとうございました。本日もわざわざお時間をお作りいただきまして……」

「ん、まあ、そういう堅苦しい挨拶はなしでいこ、なしで」

「社長、うちの石垣です。私どものプロジェクトの統括責任者をしております。今日、私が伺うと申しましたら、是非にも篠崎社長にご挨拶したいということで」

「初めまして、石垣です。鷹尾がお世話になっております」

「石垣さん、ね。へえ、部長さんなんだ。でもってプロジェクトの責任者……ってことは次期社長、みたいな？」

「ははは、かないませんな」

「とにかくこっちへどうぞ。ごめんね、うちお茶くみとかそういう余計な人員がいないもんで」

「いえいえ、それでこそ合理的というもので、鷹尾から話を聞きまして、まさに時代の申し子というか、ＩＴの最先端のかたは違うと感じておりました」

黒崎はいかにもうれしそうな表情で二人を応接間へと案内する。

「コーヒーでいい？」

「あ、社長。私がやります」

「鷹尾さん、いいって。お客さんは坐《すわ》っててくれないとさ。そろそろ来るだろうって思ってさっきドリップしておいたんだよ」


ステンレス製のコーヒーメーカー。見渡せばこの部屋は何とも無機質だ。机もミラーコーティングされているのか、黒光りしているし、テーブルもガラスとスチールが市松模様になっている。ソファも皮は一級品だが、スチールパイプに組み込まれているため、どっしりとした感じというよりは、近未来的な匂《にお》いがする。


「ん？　気になります？」

「え……いえいえ」

「いかにも感のある応接室とかさ、嫌いなんだよね。無駄を省くこと、モノトーンであること、そして現代的であること……がテーマかな。石垣さんの年だと気になるかな」


年、という所をやや強めに発音したのが石垣も分かったのか、頬をぴくりとさせる。

「いやあ、私ももう五十になりますが、これでも若い感覚があるほうだって言われてるんですよ、社内では。な、鷹尾君」

「どうですかねえ、みんなが部長に合わせてるんじゃないですか」

「うわ、こりゃ言われたなあ」

大笑いする石垣と鷹尾。黒崎も面白そうに笑顔を見せているが、目の奥では見え見えの猿芝居を笑っている。

「で、と。企画だっけ、企画」

「はい。いちおう、こちらに企画書がありまして……」

「ふーん。お、なかなか豪華な作りだねえ。無駄な金使ってるなあ」

鷹尾の笑顔が引きつる。石垣も笑顔がぎこちなくなっている。

「でもまあ、こういうのを喜ぶ会社も多いんだろうねえ。うちは中身だけどね、あくまでも中身……なかなかいいんじゃない。ただね、ロイヤリティとかさ、タレント関係ってのはそのあたりがね」

「その辺も十分に検討できると思います。与田プロとしても勝手サイトを作られていることに困っていまして、やはり公式にきちんとやるべきだと役員会でも決まりまして」

「そ。じゃあ、検討しますよ」

「ありがとうございます」

石垣、ゆっくりと鞄《かばん》から例のケースを取り出す。

「仕事のほうはご検討いただくとしてですね、今回こうしてお近づきになれました記念といいますか、プレゼントを持参いたしました。もちろん、契約成立とは無関係です。あくまでも私どもの気持ちといいますか」

「プレゼントだーい好き。いやあ、考慮しちゃう。そういうのもらえたら」

「……あ、はは。そう言っていただけると……これなんですが……」

黒崎、金属の箱を受け取る。

「へえ、いい趣味。こういうの好きだよ……って言わなくても部屋見れば分かるか。でもって開けると何が出てくるのかな。この大きさだとペン？　まさかね……」

ゆっくりと蓋《ふた》を開く。

「ん？　何、これ……印鑑？　変わってるなあ。これ、素材はなんだろ」

「チタンです。まあ、大仰《おおぎょう》な話なんですが製作したのはＮＡＳＡの関連会社でして」

「じゃあ、アメリカ製ってわけ？」

「まあ、そうなります」

「へえ、こりゃいいなあ。あれ？　もう名前が彫ってあるじゃん。俺の名前だ」

「やはり篠崎社長にはこうしたハイテクな印鑑がお似合いになるのではないか、と。海外との契約ならばサインでしょうが、日本の場合はまだまだ」

「なんだよね、印鑑いるんだよ。あれがいやでさあ。みっともないじゃん。バッチリ決めてても、最後にはあの丸いのが出てきて、よいしょって感じで押す、格好悪くてさあ。これはスクエアだし、何よりこの材質がいいねえ。うん、これだったら外国との契約にもわざと判子押すことにしようかな」

「お気に入りいただけたようで、何よりです」

「ありがと、企画のほうも前向きに検討しますよ、うん」

石垣と鷹尾はそっと視線を合わせる。カモが喰いついたことを確認しているのだ。あとは実印登録さえしてもらえばＯＫだ、気に入ってないらしいフェラーリもそっくり手に入るぞ、と。

「失礼します」

応接室のドアがノックされ、女性社員が顔を出す。

「すいませんね、うちは仕事優先なんで来客中でもどんどん声をかけろって言ってるもんでね」

いえいえ、と石垣と鷹尾が笑顔で答える。仕掛けを終え、それにカモが喰いついた時ほど気持ちのいいことはないのだ。今がその時だから、二人とも何があっても気を悪くするはずもない。

「社長、例のカード、見本ができあがってきました」

女性社員は封筒を黒崎に手渡すと、失礼しますと下がっていった。

「ふうん、早かったな」

鷹尾が興味深そうに見ている。

「気になります？」

「あ、いえ、失礼しました」

「いえいえ。コレね、うちのもうひとつの顔というか、電子マネーのほうに本格的に参入することになったんですよ。これは、そのユーザーカードというか、要するにＥマネーカード」

「電子マネーというと、ネット決済とかに使うやつですか？」

「です、です。今までは上限額が決まっていてあまり使えなかったんですけどね、国際的に上限を取り払おうという動きになっているんで、需要は増えてくると思ってね。やっぱりこういうのも早い者勝ち、でしょ」

「しかし、そういうものなら世界中から企業が殺到するんじゃないんですか」

「うん、誰でもいいってわけにはいかないんだよね、だから、ほら、これ見て」

黒崎はテーブル脇に置いてあるバインダーから英字新聞を取り出した。

「ここに電子マネーの記事があるでしょ。インターナショナルコンペティションって。で、これに日本のＪＶも参加できることになったんですよ」

「ジョイントベンチャーですか」

「そ。まあ、建設関係じゃよくあるんだけどね。複数社で企業体を作って……あ、石垣さんたちには釈迦《しゃか》に説法かな。でもって、うちが選ばれてるわけ、このＪＶに」

新聞を手にしていた鷹尾が目をこらす。

「あ、ここに」

石垣も顔を寄せる。

「ウイングブレイド……」

想像以上に太ったカモかもしれない。石垣は一瞬喜んだが、あまりにもコトがうまくいき過ぎのような気もした。何がというわけではなく、どこかで長年培ってきたウラ稼業の人間独特のカンが働いているのかもしれない。

黒崎はその様子に気づいてはいるが、さらに明るく振る舞う。

「あ、そうだ。よかったら、このカード、お二人に一枚ずつ差し上げますよ。印鑑のお礼ってわけでもないんだけど。とはいっても今は五百ドルしかチャージしてないんで、大して使いではないですけどね。二人で千ドル分じゃ、この印鑑の原料費にもならないですね」

「いや、それは。ただ、私はあまりネットじゃ買い物はしないもので。なにしろネットでカードをうかつに使うと詐欺に遭ったりするって言いますから」

「さすが石垣さん。名前の通りに堅くていいね。でも、それ正解。けどね、僕も実はネットで買い物なんかほとんどしないんですよ。もっぱら別の目的でチャージするだけで」

そう言うと黒崎は、端末らしき機械にカードを通す。数回ボタンを押したのは暗証番号だろう。

「いま、チャージされてるのは……二百万ドルってとこかな」

「二百万ドル！（二億円だと！）」

鷹尾の声が思わず高ぶる。

石垣が睨み付ける。

その様子をしっかりと黒崎は観察している。

「このカードには、ちょっとした特徴があるんですよ。他の電子マネーのカードにはできない特別な利点がね」

「利点、ですか」

石垣が繰り返す。

「あ、そうだ」

黒崎、壁の時計を見つめる。

「お二人とも、この後のご予定は？」

「はあ……特に」

「じゃ、ちょっとつきあってくださいよ。新しい出会いとプレゼントへのお礼ってことで。ちょっといい店を知ってるんですよ」

カモが餌に喰いついた、そう思いこんだシロサギたちは、すでに自分たちがクロサギの撒き餌につられて、危険な領域へと踏み込んでいることにまだ気づいてはいなかった。


「どうです。この店。といっても、僕も人に紹介されたんだけどね。銀座じゃ一番だって言われてね」

「いい店ですねえ。社長とお会いした店も一流ですけど、ここのほうが……」

「女性がきれいだよね、鷹尾さん」

「あはは、いや、本当ですね」

店内はゆったりと作られている。フロアの真ん中にはグランドピアノが置かれブラックタイ姿のピアニストがドビュッシーを奏でている。ドレス姿も多いが和服姿も目立つ。クラブが一流かどうかは、調度品や内装も大切だが、何よりも女だ。金をかけているかいないかが大切な判断基準になる。和服姿が多いと言うことは年齢はやや高めかもしれないが、毎日しっかりとセットし、高価な着物を多数所有する女性がいるということだ。それだけ客筋も良い証明であり、客筋が良いということは店の格が高いことになる。

その高級店の一角、小さな間仕切りで隠されたスペースに三人は通された。ＶＩＰルームという訳だ。

「石垣さんもはじめてですか？」

「いや、私はあまりこういうところには……」

「ふうん、そうなんだ。鷹尾さんがそっちの専門なんだね」

「勘弁してくださいよ、社長」

確かに、専門ではある。高級クラブでカモを探す役割ではあるが。

「女の子、ちょっと待ってもらえる。仕事の話先にしちゃうから」

黒崎、如才なく着物姿のチーママらしき女性に声をかける。

「ちゃんと呼んでくださいね」

女の子たち、頭を下げて去っていく。鷹尾だけがちょっと不満そうな表情をしている。

「こういう席ならこのカードの話も安心してできるな。やっぱり会社じゃしにくいしね」

「そのカード、普通の電子マネーカードってわけじゃないんですね」

「いえいえ、普通の電子マネーですよ。ただ、このカードは、お金の出入りが」

というと黒崎はパンと両手を叩いた。

「消えちゃうっていう特別な仕組みがあるんですよ」

「消えちゃう？」

「そ。使ったお金の流れが後で調べても分からなくなるってわけ。まあ、簡単に言うと入金経路の情報が消去できるってことですね」

石垣は啞然《あぜん》としている。鷹尾のほうは、どこまで分かっているのかは不明だが、目をランランと輝かせている。

「もともと海外、それもオフショアがらみで作られたシステムですから」

「オフショア……か」

「あの、石垣さん。なんですか、オフショアって」

「そのくらい勉強しておきなさい」

「簡単に言うとね、ほとんど無税っていう地域のこと。ほらケイマン諸島とか聞いたことないかなあ」

「ケイマン……ですか」

「んまあどっちにしても、このシステムが本格化して北米でも使われるようになれば、あのアメリカのことだからトレースするシステムが作られちゃうだろうけど、今のところはまだ実現できてないから」

「つまり、マネーロンダリングが可能ってことですな」

「そ、ただし期間限定だけどね。世界の警察を気取ってるアメリカが動きだすまでっていうね」

マネーロンダリング。今、国際的に一番問題になっているのがこれだ。直訳すれば資金洗浄。犯罪組織などが集めた表に出せない金を、なんらかの手法を使って正規の入金に変えてしまうというもの。現在、日本の金融機関が本人確認にうるさくなったのも、これが原因だ。かつては、どんな名前でも簡単に口座が開けたが、今では身分証明書による確認がない限り、口座は開けない。金銭の流れをしっかりと把握するために他ならない。だからこそ、余計にマネーロンダリングに注目が集まり、不法収益や脱税で得た巨額の資産を表に出したいと思っている人間はいくらでもいる。なにしろ、いくら持っていても使えない金では意味がない。

「僕だってね、この年で社長やってるわけだけど、それなりにいろいろあるわけでね。税務署だって怖いし。まともに申告したら、日本の累進課税じゃ、ほとんどの収入が税金で持っていかれちゃう。だからって隠しておけば金は使えない。それに個人も法人も脱税がバレたら大ダメージになるからね」

黒崎は、氷が溶けて薄くなった水割りをごくごくと飲み干してのどの渇きをいやした。一気に話さなければならないところだから、ここは止まるわけにはいかない。

相手に冷静に考えさせたり立ち止まらせたり、ちょっと前の話との整合性を確かめられたら詐欺は失敗する。

一気呵成《いっきかせい》に相手を巻き込んでいき、足りない部分は相手の脳内で勝手に補足《ほそく》させる。それこそが、詐欺というものだ。

「たとえば……そうだな。このカードにちょっとマズイ金をチャージしたとしましょうか。隠した所得でもいいし、領収書のいらない金でもいい。でもって、その金で高級車を購入する。普通ならここでもう金の流れが補足されちゃう。ところが、このカードを使えば、大丈夫。他人名義で購入した高級車を売り払えば、あら不思議。今度はきれいなお金として現れることになるわけ。名義なんか、それこそ金で貸しますってのがいくらでもいるでしょ。ま、使い方はいろいろ……石垣さんならいくらでもやり方浮かぶんじゃないですか。カードの番号と暗証番号さえあれば、カードをスキャンしなくても大丈夫だから。つまり、クレジットカードのＣＡＴシステムのようなものはいらないってこと。ネット上のオンラインで簡単にチャージもできるし、振り込みだって可能だから」

そこまでしゃべると、黒崎は応接室でも見せた端末を取り出す。

「ね、せっかくだから、この端末を使って暗証番号を入力したら？　そうすればすぐに有効になるからね」

さあ、来い。黒崎は浮きを眺めている釣り師のような気分だった。もう少し浮きが沈めばあとは竿《さお》を合わせるだけ。魚はもう逃げられなくなる。

「じゃ、さっそく」

と鷹尾が手を伸ばそうとした、その時。

石垣が顔色を変えた。

疑われた？　なぜ、どこで？　黒崎は表情こそ変えないが心を揺らした。だが、よく見ると石垣はまったく違うところを見ている。視線の先には、美しい女性の多い店内でもひときわ目立つ和服姿の女性がいた。彼女は他のテーブルの客に挨拶をしている。石垣は彼女を見て顔色を変えたのだ。

「石垣さん？」

黒崎が声をかける。

「どうかされました？」

「失礼。ちょっとトイレに……」

石垣は逃げるように席を立つ。黒崎は、その後ろ姿をじっと見ている。

「あの、この端末いいですか？」

「どうぞどうぞ、入力してください」

鷹尾はカードを手にすると番号を入力しようとする。

携帯のバイブがその鷹尾の手を止めた。

「すいません、メールが……」

メールは石垣からのものだった。

「ケチがついた。俺が席に戻ったら、こっそり携帯を鳴らせ」と書かれている。

なんのことだか分からずに混乱する鷹尾だが、とりあえず暗証番号を入力した。

すると、そこに石垣が戻ってきた。

「いやあ、すいません。年のせいかなあ、トイレが近くて」

頭をかきかき坐る姿に不審な点はない。

「石垣さんも番号、どうぞ」

黒崎に促され、石垣も番号を入力する。

鷹尾はこっそりと携帯をポケットの中で操作する。石垣の番号はメモリーのゼロ番だから見なくてもすぐにかけることができる。

「失礼。誰だろう今頃」

石垣はバイブでふるえる携帯を手にする。

「はい、石垣です。あ、はい、そうですか。分かりました、ではすぐに」

石垣は、電話を切るとすぐに立ち上がる。

「すいません、社のほうで急な用事ができましたので、これで失礼します。鷹尾は残していきますんで、よろしくお願いします。じゃ、鷹尾君、くれぐれも篠崎社長に失礼がないようにな」

「分かりました。お気をつけて」

石垣は、顔を伏せるようにうつむき加減で店を出ていった。

「何かトラブル？」

「いえ、たいしたことじゃないと思いますよ。なんだろうな、今頃」

「大変ですねえ。ま、こんな時間にも仕事をしてるってのは、会社が忙しい証拠だから、それはそれで結構なこと」

「はは、そうですね」

「じゃあ、鷹尾さん。これ、とりあえず金をチャージするサイトと、ショッピングできるサイト」

黒崎はメモを手渡す。鷹尾は石垣の様子も気になるが、今はこちらで頭がいっぱいのようだ。うれしそうに受け取って見つめている。

「ここのサイトでチャージすればいいんですね」

「そ。後は画面の指示通りにやれば、万事めでたしめでたし、だから」

もちろん、めでたいのは黒崎だけだ。

「さあて、待たせちゃったけど」

黒崎右手をあげる。

「女性陣、お待たせ～」

ホステスたちがさっと寄ってくる。嬌声があがる。鷹尾はもう表情を崩している。黒崎もにこやかに笑っているが……。

二時間後。黒崎は鷹尾と店の前で別れた。鷹尾がタクシーに乗り込むのを確認した黒崎は表情をがらりと変えて歩きだす。

「なんだったんだ、さっきの猿芝居は。部下に電話をかけさせて退席するなんてのは、都合の悪い現場から逃げる時に使う常套手段《じょうとう》じゃないか。こっちの仕掛けが読まれたとは思えないし、もしそうなら、鷹尾も帰るはずだ」

冷たい空気が顔を撫《な》でる。

「誰か顔を合わせたくない人間がいるといった雰囲気だったな。店の客、それとも、あの和服の女か」

深夜の銀座は人通りは多いのだが、黒崎の歩いている路地裏はさすがに閑散としている。考え事をしながら歩くのにはちょうどいい。

「まあいい、か。カードは渡したし、暗証番号も作らせた。あとは連中がサイトにアクセスして金をチャージしてくれるのを待つだけのことだ。どうせあいつらシロサギが持っているのは被害者の血で汚れた金だ」

蹴飛《けと》ばした空き缶が派手な音を立てる。

「だったら、おまえらの金、全部、俺がきれいに洗濯してやるよ」

見上げた夜空は東京らしく、星もろくに見えない。喰いついたシロサギが自ら金を吐き出すのを待つ。これほどの快楽はない。黒崎は思わず笑いだしそうになったが、前方から現れた酔っぱらいに気づいて、むせたふりをしてごまかすのだった。

「石垣さん、この前はどうしたんですか？　急にあんな電話させて」

古くさい喫茶店の片隅。石垣と鷹尾がコーヒーを飲んでいる。

「おまえには関係のないことだ。それより、あの後はどうだったんだ」

「あの篠崎って若造、あの後もご機嫌でしたよ。最後にまた印鑑のこと言ってましたからね。青年実業家だかＩＴ社長だか知らないけど、要するに世間知らずのボンボンってとこじゃないですか」

「そうか。じゃあ、後はあいつが印鑑登録するのを待つだけだな。あの印鑑ではすでに高額の契約を何件もしてあるからな。頃合いを見計らって、契約した会社の連中を怒鳴り込ませればいいだろう。会社自体は偽物じゃないからな」

「登記されてるホンモノですもんね」

「ああ。世の中には登記さえされてればホンモノだと思うやつらがたくさんいるからな。法人格なんてものを信頼するのが悪いのさ。実際に活動していれば法人になっていようがいまいが、信頼できる。けどな、ご大層な社名や名刺があったところで、実態がなければ、そんなものは」

石垣は真っ白い角砂糖をひとつコーヒーカップに放《ほう》り込む。

「これと同じさ。きれいに消えてなくなっちまう」

「どのくらいいけますかね」

「そうだな。少なくとも一億、うまくすれば三億ぐらいにはなるんじゃないか。もっとも現金がそれほどあるかどうかは分からん。俺の感じだと一億は踏めるな」

うまそうにコーヒーを飲む石垣。頭の中では次の仕事を考えているのだろう。

「あ、そうだ石垣さん」

「なんだ？　もうカモでも見つけたのか？」

「いや、そうじゃなくて。例の篠崎がよこしたカードなんですけど。これ、どうしますか？」

鷹尾はテーブルの上に、黒崎から受け取った電子マネーのカードを置いた。

「マネーロンダリングに使うにはピッタリだと思うんですけどね。これまでにカモから騙し取った金、こいつにチャージしちまえば後はきれいになって表金に変えられるじゃないですか。今のままじゃ動かせない金もこのカードでロンダリングしちまえば。ね」

「やつの話が本当、ならばな」

「疑ってるんですか石垣さん？　やつが俺たちを騙すとでも？」

石垣は黙ってコーヒーのにおいを嗅《か》いでいる。

「だけど、あの新聞だってちゃんと載ってたじゃないですか。あれ、英字新聞としてはかなり有名なやつですよ」

「なんにしても調べてから使っても遅くはないだろう。何事も慎重にやれっていうのが、綿貫さんの教えだしな」

鷹尾は小さく舌打ちした。

「そのカードはおまえが持ってろ。俺がいいと言うまでは絶対に使うんじゃないぞ」

石垣はそう言うと立ち上がろうとした。

「石垣さん、今回の分け前のことなんですけど……」

「分け前？」

「いや、前回のもまだだし、俺ちょっと金がいるんですよ。早めになんとかしてもらえませんかね」

「それこそマネーロンダリングしてからじゃないと無理だな」

「だったら、このカードで……」

「俺がいいと言うまで使うな、と言ったはずだ。大丈夫だ、金はすぐに用意してやる。心配しないで連絡を待ってればいい。それよりも、次のカモ探し、さぼるんじゃないぞ。そっちの経費はいつものように振り込んでおくからな」

石垣は捨て台詞《ぜりふ》のように告げると、伝票を持って席を立った。鷹尾も不承不承、後に続く。

店の前で別れた鷹尾は、納得のいかない表情で歩いていく。

「もったいつけすぎじゃないのかね、石垣さんも。こっちは金がいるっていうのに……分け前くらいさっさとくれってんだよなあ」

鷹尾は内ポケットから電子マネーカードを取り出す。

「こいつを使えば今すぐにだって、金をきれいにできるっていうのに、何をびくびくしてんだか。綿貫さん、綿貫さんって会ったこともないやつのこと言われても困るっていうんだよ」

　ぶつぶつ言いながら歩いていた鷹尾だが、カードを眺めていた表情がほころぶ。

「そうだ。へへ、俺ってあったまいいなあ」

　鷹尾はカードを大切そうに内ポケットにしまうと、タクシーを止めた。

　行く先を告げた鷹尾の顔は緩みっぱなしだ。タクシーは十五分ほどで目的地に着いた。

　鷹尾は古びたビルに入ると、社名を確認してエレベーターに乗り込んだ。

「たぶん、これ社長がほしがってたやつだと思うんですよ。今すぐに使えるってことですから」

　鷹尾は黒檀《こくたん》の大きな机の前でしゃちこばっていた。机の向こうでは背の高い革張りの椅子《いす》に男が身を沈めている。真っ白い壁には高そうな油絵が飾られている。デスクの脇には大振りな壺《つぼ》。窓際には鷹の剝製《はくせい》が置かれている。

　男は引き締まった体をしている。ライトグレーにストライプの入ったスーツ、白地にうっすらと花模様が織り込まれたワイシャツ、目にも鮮やかなライトイエローのネクタイ。細い金縁の眼鏡をかけ、きれいに櫛《くし》の入った髪がサイドバックに撫でつけられている。だが、そうしたスタイルや外見などよりも雄弁に男の正体を物語っているのは、感情を全く感じられない目だ。たとえ壁に代紋が掲げられていなくても、この部屋はまごうかたなきその筋の匂いで満ちている。

　男の目はじっと鷹尾に注がれている。鷹尾は射貫《いぬ》かれているかのような恐怖感を感じていた。

「百井《ももい》商事ってのはな、フロントだから注意しておけよ」

石垣と仕事をするようになって、何度か訪れたことがあるが、そのたびに、くどいほど言われていた。だが、鷹尾にはそういう人間へのあこがれがあった。石垣に内緒で何度か訪れたことがある。クラブで聞き込んだ話のなかでカモ探しに関係のない情報を持っていくと、そのたびに十万程度の小遣いがもらえるからだ。

石垣は仕事のつきあい以外では、百井商事に顔を出すこともなかった。いつだったか、珍しく酔った石垣が言っていた。

「いいか、フロント企業なんてのはな、どう取り繕ったって暴力団なんだからな。俺たちは詐欺をやってるけどな、同じ犯罪とはいってもああいう手合いとは違うんだよ。こっちはココで勝負してるんだ」

そう言って頭を指さした、その姿も覚えている。

「昔は企業舎弟って言ったもんだ。そのほうがよっぽど分かりやすくていいやな。今は時代に合わせたのかフロント企業って言うわけだ。暴力団を背景にした企業、暴力団員が関わっている企業、暴力団とつきあいのある企業……まあ定義はなんでもいいけどな、要はその筋の会社ってことだからな。仕事以外で関わるんじゃないぞ。あいつらは、人の心をわしづかみにしてくるからな。おまえなんか一発だぞ」

言っていることは正論だろうが、石垣の説教くさい話にはうんざりだった。だから鷹尾は今回もやってきたのだ。

「これ、電子マネーなんですけど、十分にマネーロンダリングにも使えますよ」

「電子マネーだあ？　そうはいってもありゃあ上限があるだろうが。五十万やそこらの銭じゃあねえんだぞ、こっちが動かしたいのは」

つまらない話を持ってくるな、そう言わんばかりの姿勢だ。男はミニシガーを取り出すと、金無垢《きんむく》のダンヒルで火をつけ、紫煙を鷹尾に吹きかける。

「いや、あの、これは上限枠がとっぱらわれてるんですよ、いくらでも大丈夫なんですよ。なんですか、オフ……オフショアがらみで作られたシステムってことで。あのちょっとパソコン借りてもいいですか？　実際にやってみますんで」

鷹尾はデスクの隅に置かれている最新型のノートパソコンの前に向かう。

黒崎からもらったメモを見ながら、ブラウザにＵＲＬを入力する。

「えーと、このサイトで買い物ができるんですよ」

男は興味なさそうに見ている。

鷹尾はあわててもう一つのＵＲＬを入力する。

「で、ですね。こっちが金をチャージするサイトです。ちょっと僕のでやってみますから」

パソコンの画面には金融機関と似た画面が表示されている。暗証番号を入力すると、表示が変化する。

[残高照会][チャージする][新規申し込み]

鷹尾はタッチパッドを操作すると、［チャージする］をクリックした。金融機関の指定画面が出てくる。

「ここで、移したい銀行の口座を選ぶんです」

銀行を選ぶと口座番号、暗証番号を入力し、金額を打ちこみ、［決定］ボタンをクリックする。

画面が切り替わり［入金は正常に行われました］と表示された。

「銀行と同じ感じだな」

黙って見ていた男が呟く。何が特別なんだと言いたいようだ。

「ここからが違うんです、見てください」

画面はさらに切り替わり、［入金情報を消去します。よろしいですか？　はい　いいえ］と表示されている。

「これで、はいをクリックすれば、入金したっていう情報が消えるわけですよ。これで僕の口座から金が、このマネーカードに入金されたっていう記録は消えちゃうってわけです。出金したほうもどこに消えたか分からない。まさに消滅ですよ。でも、金はこのカードに残っている。実際にやってみましょうか？」

今度は［残高照会］をクリックする。今送り込んだ金、三百万円が表示された。

「ほお」

男が感心したように息を吐いた。

鷹尾は男の態度に安心したかのように、やや自信を取り戻して説明を続ける。

「入金情報が消去できるなら、いくらでもマズイ金をチャージして、その金で商品を購入して売却すれば、きれいにマネーロンダリングできるってわけですよ。どうです、気に入ってくれましたか？」

男の瞳がすっと細められ、初めて少しだけ感情を見せたようだ。カードを手に取り、じっと見つめている。ミニシガーの灰がぽとりと床に落ちる。それすら気にしない。

「鷹尾。おまえ、これを俺んとこに持ち込む話、石垣に通してねえだろ」

鷹尾は答えられずにうつむく。

「目先の金にかられて動くと、痛い目に遭うって言われなかったか？　え？　まあ、俺が言えた義理じゃないけどな」

男は机に戻るとカードを引き出しにしまった。

「いいだろう。このカードは俺が買ってやる。こっちも今、急ぎの金がいるんでな。ほら、おまえも知ってるだろう、うちの本家のほうでな、ちょっとした改築工事があってな、競争してるんだよ、あちこちで。うちのオヤジも二億ばかり用意しなくちゃいけないって言うんでな、俺のとこにお鉢が回ってきやがってよ。綿貫の野郎が持ってくるはずだったんだが、なんだかんだと遅れてやがってな。石垣ものらりくらりだし」

この間の電話か、と鷹尾は気づいた。

「とりあえず、これだけ渡しておく」

男は、引き出しの中から帯封のついた百万円を取り出すと、鷹尾の前に投げ出した。

「え？　百万だけですか……」

「前金だよ。ちゃんと確認が取れたら……そうだな、あと四百は出してやる」

「五百ですか……」

「馬鹿野郎。それはカードの買い取り金だ。ロンダリングができたら、毎回パーセントでてめえにくれてやるよ。どうだ、文句はねえだろうが」

「はい、ありがとうございます」

とりあえず、百万でもありがたい。実際、さっきやってみせた三百万は銀座での調査費用だ。使い込んだら夕ダじゃすまない。あとで戻しておかなくちゃいけない金だ。だが、この百万は領収書もいらない、俺の金。

鷹尾は「あと四百」「毎回パーセント」という男の言葉を頭の中で何度も反芻《はんすう》しながらビルを出て行った。

鷹尾の帰った後、男はすぐにカードを用意してパソコンに向かっていた。手には携帯電話も持っている。

「あ、オヤジですか。百井です。例の金なんですけど、なんとか用意できましたんで。ええ、大丈夫ですよ。きっちりときれいな金を渡しますんで。あと二、三日待ってください。分かってますよ。ええ、じゃあ、でき次第参上しますんで」

入力している男の酷薄な横顔が、この時だけはうっすらと赤みを帯びていた。

「ささて、仕上げはどんな感じになったかな」

黒崎はバー桂のカウンターに置いたノートパソコンを操作している。

「まずは、あの鷹尾っていう兄ちゃんのカードのほうからと」

パチパチとキーを叩く音がする。

桂木は黒崎に背を向け、さっきからずっと棚に並べられたボトルを見つめている。どのボトルをどこに置くのか考えているのだろうか、それとも捨てるボトルを探しているのか、はたまた宝の地図でも入れたボトルをどこに置いたか忘れたのか。黒崎が来る前からもう一時間以上棚を見ているのだ。

「……えっと、三百万、か。まあ、あの兄ちゃんならこんなもんかな。上等上等。手持ちの金全額ってとこか。銀座で飲む金かもね、もしかすると。カモ探しの調査費用ってとこかな。しばらくは焼鳥屋で探すんだな」

桂木は振り向きもしない。背中を向けたままだ。

その様子に黒崎はちょっと不満顔だ。三百万程度じゃ振り向かないってことか。

「本命の石垣センセのほうはどうかな。こっちは百万単位ってことはないだろな。あれは結構ため込んでる顔だったから千万単位でくると俺は予想する。あんたはどう思う？」

桂木はまったく反応しない。

「ちぇ。死ぬまで棚見つめてろよ。さてさて、お楽しみ……って、え？　えええ！」

黒崎、一瞬のけぞる。

桂木の肩がぴくりと動く。黒崎の驚きに反応したかと思ったが、そうではなかった。一時間以上見つめていた棚に手を伸ばす。一本のボトル、ワイルドターキーを引っ張り出すといつもの布で軽く拭く。そしてまた元に戻す。次いで隣のボトルへと手を伸ばす。

「おやじ、ボトル拭いてる場合じゃないよ。なんと、石垣センセ、二億円も入れてくれたよ、二億円。こりゃ驚いたな、あいつ本当に貯め込んでやがったんだ」

黒崎は得意げに金額を繰り返した。

「電子マネーか」

ボトルを拭きながら、桂木は呟いた。

「聞いてるんなら反応しろよ、少しは。ま、そういうこと。こんなカードをまずは用意して、でもって、こんなサイトも用意したってわけだよ」

黒崎、ノートパソコンをくるりと回す。

画面には鷹尾が百井商事で見せたのと同じ画面が出ている。

「ここで銀行を選んで、口座番号と暗証番号を入れるわけ。でもって入金ってやる。で、その後で入金情報を消去するってボタンを押すんだけど、こんなの全部フェイク。実際には普通の銀行振り込みしてるだけのこと」

「おまえの口座に振り込んでいるだけというわけか」

「そういうこと。こういう画面を作るのが得意な連中がいるからね。あいつら、本当にうまいよ。実際にはホンモノの銀行にアクセスしてるのに、表側だけは別のサイトにいるかのように見せかけるんだからね。フィッシングなんかするよりよっぽど効率いい」

「それもフィッシングと同じだろう。偽物サイトに誘導して口座番号と暗証番号を盗むのがフィッシングだからまだそっちのほうがマシだな。おまえのように金を盗むよりは」

「人聞きの悪いこと言うなよ。盗むなんて、とんでもないね。相手は信じて振り込んでるんだから、これこそ正当なる騙しじゃないか」

桂木はゆっくりと振り向く。

黒崎、一瞬緊張するが、桂木はいつものようにうつむくとグラスを拭き始める。

「ん、んん。まあ、あれだ。シロサギなんてのはさ、いつだって騙し取った金をなんとか表に出そうって考えてる訳だろ。マネーロンダリングしたくて仕方がない人種ってことだ。このネタに乗ってくる確率は高いだろうなあって思ったけど、ここまではまってくれるとはちょっと予想外かな。正直なところちょっとシンプル過ぎるんじゃないかとも思っててさ、実はこれがからぶった場合の手段も考えてたんだけど、必要なかったな」

桂木は黙っている。

「結局さ、贈答詐欺なんかやらかす連中はこの程度ってことだったわけだ。なーんか楽しちゃったな、今回は。いろいろ金も使ったけど、二億なら文句ないわ」

黒崎はノートパソコンを閉じると小脇に抱えて立ち上がる。

「情報料は明日持ってくるよ。この二億……三百万を引き出してくるからさ」

「明日は午後がいいな」

「あらま、珍しいね」

「午前中はちょっと客が来る」

「客？　俺が来たらマズイ客ってことか。シロサギが来るんだな」

「おまえには関係のないことだ」

「はいはい、そうでした。じゃあな」

黒崎はドアを開け出て行こうとしたが、くるりと振り向いた。

「また、いいネタあったら頼むよ」

バタンとドアが閉まり、黒崎が階段を駆け上がっていく音だけが響いている。

「まだ曇る、な」

桂木は磨き上げたグラスを電灯にかざして呟いた。

「曇っていても水は飲める」

そう言うと、水でグラスを満たしていく。

「だが、わしは、曇ったグラスで水を飲むのは嫌いだ」

ガチャンとグラスの割れる音が店内に響く。


都内某所、古ぼけたアパート。最近では名前はアパートでもしゃれた作りが多いが、ここはまさにアパートそのもの。鉄の外階段にもいい感じで赤さびが浮いている。中の作りはすべて同じ。六畳、四畳半、そしてキッチン。一人暮らしにはちょうどいいとはいうものの、すっかりと古びたこのアパートには、最近の若者が住むことはない。実際、空き室が多いのだ。

このアパートに黒崎は住んでいる。いや、黒崎はここのオーナーなのだ。彼が以前関わった事件で手に入れた、いわば戦利品。詐欺師を騙す詐欺師、そんな職業が世間で通用しない以上、アパート経営者というのは、ぶらぶらしていても怪しまれない格好の隠れ蓑《みの》になっている。

うかつにさわると手の平が赤くなりそうな階段を上ると黒崎は自分の部屋の前に立つ。ドアノブに手をかけそうになってから、何かを思い出したように隣の部屋の前へ。

手書きの表札には「吉川《よしかわ》」と書かれている。

軽くノックする。反応がない。

今度は強くノックする。

「吉川さーん、電報ですよー」

足音がしてドアが開く。顔を出したのはショートカットの女性。化粧気はほとんどないが、大きな目とやや小ぶりながら形のいい鼻、口角の上がった口、整っていながらも暖かみのある顔立ちだ。

「はーい」

と言ってドアを開けた彼女の顔がみるみる強《こわ》ばる。

「くろさき……」

「くろさき？　黒崎さん、または、大家さん、じゃないんですかね、女子大生の吉川氷柱《つらら》お嬢さん」

「電報なんて今時古い手使うわね」

「けど、その古い手が通じる相手もいるんでね」

氷柱は思いっきり傷ついた表情になった。古くさいとバカにした瞬間に、実は自分がそれに引っかかったのだと気づいていたのだが。

「はい、それでは集金電報ですよ。毎月毎月、雨が降ろうが槍《やり》が降ろうが必ずやってくる家賃支払いの日です」

氷柱、ちょっと笑う。

「笑ってもダメ。そりゃ絶世の美女が笑ってくれたら俺も少しぐらい考えるかもしれないが、おまえじゃな……」

「はあ？　バカじゃないの。だいたい、なんでそんなに機嫌がいいのよ。いつもは、黙って手を出すだけなのに」

「手を出すって……まあ、いいや。仕事がうまく行けば機嫌もよくなるってもんだよ」

仕事と聞いて氷柱の表情が暗くなる。黒崎が詐欺師を騙す詐欺師であること、それを知っているからだ。大学法学部に在籍し検事を目指している氷柱にとって、絶対に許せないことだが、友人を救ってもらったことがあり、今はその矛盾に悩み続けている。

「機嫌がいいのはあんただけじゃないよ」

「え？　おまえが機嫌がいいの？　そりゃ不思議だな。さては、財布でも拾ったか？」

氷柱はため息で答える。

黒崎も自分のあまりにも陳腐な答えにやや照れている。

「あんたに毎月家賃が遅れるって言われないって思ったら機嫌も良くなるじゃない」

「え！　おまえ、家賃払う金あるのかよ。なんか危ないバイトでもしてるんじゃないか。こう、なんていうか女しかできないような」

「バカ。単にバイト代の支払日を早くしてもらったのよ。前は毎月五日だったから月末の支払いに間に合わなかったでしょ。相談したら二十五日にしてくれるって言うから。そうしてもらったの」

「ほお、そりゃ感心だねえ。じゃあ、毎月末にきちんと翌月分を支払ってくれるってわけか。できれば銀行振り込みにしてくれると、俺は顔を合わせなくて済むからもっと助かるんだけどな」

「振り込み手数料払ってくれるならそうするわよ」

「せこいなー、おまえ。三百円やそこら払えよ」

「せこいのはお互い様でしょ。三百円くらい負けなさいよ」

「いやだね。ほかの人ならともかくおまえに負けるのは絶対にいやだ」

やれやれという表情になって氷柱は部屋の中へと戻っていく。タンスの中にしまってある家賃を取り出すためだ。

「おまえさあ、もう少しこう整理とかちゃんとしたら？　この玄関だってそうだろう。物置じゃないんだから。いくら靴が少なくて寂しいからってなあ、バケツだのなんだの置くなよ。種類が違うだろ、これは」

「見ないでよ！　いやらしい」

「おいおい、バケツがいやらしいのか？　俺はだな、こういう雑然としたのが嫌いなんだよ。もっとシンプルにしろっての。それとな、金をタンスにしまうのもやめろよ。おまえ、知らないのか。泥棒が入ると真っ先に調べるのはタンスなんだぞ。それも小引き出しな。おまえ、その典型じゃんか」

まさにその小引き出しから封筒を取り出した氷柱、耳まで真っ赤になる。

「い、いいじゃないの。だいたいね、こんなぼろアパートに泥棒が入るわけないでしょ、ばっかじゃないの。そんなこと言うなら、玄関の鍵《かぎ》とかだって二重ロックにするとか、窓だってサッシにするとか、大家としてやることあるんじゃないの。階段だってペンキを塗るとか……」

「いいよ、やっても。その代わり家賃は値上がりしますけど、お嬢さん」

どうやっても勝てそうにもないと思った氷柱は答えずに黙って封筒を黒崎に差し出した。詐欺師を騙す詐欺師相手に言葉で勝てるはずもないんだわ、と言わんばかりに。

「ひぃ、ふう、みぃ……はいはい、ちゃんとありました。じゃあ、来月もきっちりとお願いしますよ、お嬢様」

「もう、分かったわよ、じゃあね」

氷柱、黒崎を押し出すようにして、ドアを閉めようとする。

その氷柱を黒崎が強く押し返した。氷柱は弾みで尻餅《しりもち》をつく。黒崎はそれを気にせずに部屋に上がり込む。

「ちょ、ちょっと何するのよ、いくら大家だってそういう権利ないでしょ。あ！　いやだ、靴脱いでよ靴！」

叫びながら追いかけてきた氷柱。

さらに怒鳴ろうとして、息をのむ。

黒崎が茶の間でつけっぱなしになっていたテレビを食い入るように見ている。

画面には埠頭《ふとう》と思われる場所が映し出されていた。だが、それは普通の雰囲気ではない。埠頭には多数のパトカーが停められ、野次馬でごった返している。ダイバーの姿も見える。そして、画面の上に書かれている文字。

[埠頭で溺死体　事故・事件の両面で捜査]

アナウンサーの緊張した声が聞こえてくる。

「本日未明、東京湾・荒川河口付近で見つかった男性の変死体の身元が判明しました。男性は都内に住む鷹尾礼二こと高頭《たかとう》礼二さん二十八歳。警察は死体の状態から事故・事件両面からの捜査を開始しています」

黒崎は両手でテレビを抱え込むように摑んでいる。その肩は小刻みに震えている。

画面では第一発見者らしい釣り人のインタビューが流れている。

「釣りに来たんだよ。夜明け前はいいからね、このあたりは。そしたらさ、向こうから靴が流れてきてさ。またゴミかよおって思ってたんだ。気にしてなかったんだけどさ、ほら、あっちの波消しブロックあるだろ。あそこってさ、いいポイントだから、そっちに移動したんだよ。そしたら今度はマネキンみたいな足が出ててさ。冗談じゃないよって、そんなもん捨てるなよって近づいたら」

画面では波消しブロックのアップが映されている。黒崎はようやく立ち上がったが、じっとテレビを見つめたままだ。

「ね、黒崎……さん」

氷柱がおそるおそる声をかけるが、黒崎はまったく反応しない。

額から汗が流れ出している。

「なんか、あったの？　知り合い？」

振り向いた黒崎の表情は氷柱が一度も見たことのないものだった。絶望・諦《あきら》め・怒り・悲しみ……それらがないまぜになったような、そんな暗さがあった。

「悪かったな」

「え？」

「靴はいたまま上がっちまって」

「いいよ、別に。どうせ、そんなに」

「きれいなアパートじゃないし、か」

「あ、そういう意味じゃ」

冗談を言っているのかと思ったが、黒崎の表情はまったく変わらない。

「じゃあな、じゃまして悪かったな」

そう言うと黒崎は氷柱の部屋を後にしていった。


黒崎が鷹尾の死にショックを受けていた頃、同じように都内でもう一人の男が大きな衝撃を味わっていた。

石垣だ。

鷹尾と連絡が取れないことにいらついていた石垣もまた、偶然テレビのニュースで知ったのだった。

変死体の報道には反応しなかったが身元が明らかになったというニュースには愕然となった。あちこちチャンネルを変えて確認を取ったほどだ。まさか、という思いだった。間違いないと分かった後、石垣はしばらく身動きできなくなった。いったい、どうして、誰が……何も分からなかった。

すべてが明らかになったのは、綿貫からの電話だった。

「あ、綿貫さん。大変です」

「鷹尾のことか」

「ご存じでしたか」

「ニュースで見た。もっとも、その前から予測はしていたが」

「どういうことですか？」

「なんだ、おまえがやらせたんじゃないのか？」

「な、何をです？」

「マネーカードだよ」

「え？　マネーカード……あの電子マネーのやつですか？」

「そうだ。あれを鷹尾は百井商事に持ち込んだんだ」

「百井商事！　馬鹿な。絶対に使うなとあれほど言っておいたのに。でも……マネーロンダリングに使うわけでしょう。なんで殺されるんです」

「石垣、おまえ、頭がどうかしたのか？　それとも生まれつきなのか？　電話じゃラチがあかん。今からすぐに来い」

石垣はとるものもとりあえず、綿貫に指定された雑居ビルへと向かった。会うのは数ヵ月ぶりだ。

ドアを開けると殺風景な部屋のど真ん中にソファが置かれており、そこに綿貫が坐っている。

綿貫は石垣よりやや年長に見える。白髪がかなり目立つが、全体の雰囲気は上品なものだ。会社経営者というよりも、芸術家のように感じられる。どこか浮世離れしている。だが、視線だけは裏世界の住人のそれだった。

「綿貫さん、お久しぶりです」

「挨拶なんかしてる場合か、石垣」

「……は？」

「他人の口座に振り込むだけのカードがどうしてマネーロンダリングできるカードになるんだ？」

「え？　ええ？」

「まんまと騙されたんだよ、おまえらは」

「そんな、馬鹿なことが……」

「クロサギって聞いたことないか？」

「クロサギ……ああ、詐欺師を騙す詐欺師とかいうやつですか。聞いたことありますけど、あんなの都市伝説のたぐいでしょ。被害者が作り出した妄想でしょ？」

「俺はそうは思わないがな」

「じゃ、じゃあ、あの篠崎ってやつがそうだっていうんですか？」

「篠崎っていうのか、そのカードをおまえらに渡したのは」

「そうですけど……」

「そいつがクロサギかどうかは分からないがな」

綿貫は腹立たしそうに床を蹴った。

石垣がびくりとする。

「どっちにしても、二億円は俺が詰めるしかない。百井商事と揉《も》めたら、どうなるか、よく分かっただろう、おまえも」

「だけど、何も殺さなくても。それに殺したって金が返ってくるわけじゃ……」

「トウシロウみたいなこと言うなよ、石垣。いいか、人が殺されるのにはいくつかの理由がある。ひとつは、あまりにも腹が立つから、もう返さなくていい、その代わりタダじゃおかないって場合だ。金額は百万二百万のレベルだ。もうひとつは、絶対に返せないと分かっている場合で、そいつを生かしておいたらメンツが立たないって場合だな」

「じゃあ、鷹尾の場合は」

「まさしく後者だろ。しかも、俺たちへの警告にも十分になってるしな」

石垣は大きくため息をついた。

「それにしても二億円は痛い。こうなったら、のんびりと贈答詐欺なんかやってる場合じゃないぞ、石垣」

「でも、債権整理でがっちりいけばそのぐらいの金はすぐに」

「何言ってるんだ。債権整理も昔にくらべりゃずっとやりにくくなってるんだよ。民事だから何をしてもいいんだって訳じゃないだろう。民事代執行法も変わったし、世の中すべてが変わったんだよ。あの頃とは違うんだよ」

あの頃。石垣は思い出していた。バブル経済が崩壊したその後、綿貫と組んで面白いように儲かった頃。債権さえあればなんでもできたあの頃。

「遠い目をしてるんじゃない、石垣。こうなったら、俺たちの一番得意な方法でかっぱいでいくしかないだろう。あの頃より効率は悪いだろうが、のんびりと贈答詐欺だ債権整理だってやってるよりはよほどましだからな」

「分かりました……」

「やり方は昔と同じでいい。箱もあたりがついてるから、おまえは来週からそこに詰めるんだ。三ヵ月勝負でいくぞ」

「短いですね」

「短いだけじゃない。連発だ。一ヵ月ずつ会社をずらして動かすから、三連発だな」

「輪唱で行くんですね」

「そうだ。鷹尾のバカのケツを拭かなくちゃならないんだからな」

鷹尾の前では自信たっぷりだった石垣も、綿貫の前では教えを受ける生徒のようだった。だが、入ってきたときにうなだれていた石垣の目は、綿貫の計画を聞いたことで、再び輝きを取り戻していた。悪の輝きを。

第三章　桂木（倒産詐欺）

平成三年、バブル経済は崩壊した。空白の九〇年代が始まったのだ。不良債権に苦しめられる日本は底の見えない不況の泥沼にはまってしまった。

その時代、世間を騒がせたのは連鎖倒産という恐怖だった。一社が倒産することで次々に取引先が倒産していく。立ち直ろうとするたびに、それは起きた。まるで海辺で砂の城を築いては波に流されていくような空《むな》しさだった。

その頃、桂木は関西を拠点にしていた。数多くの経済事件に関わっていたとされ、府警にも目をつけられたことがあったが、一度たりとも取り調べを受けたことがない。すでに桂木は裏世界のフィクサーになりつつあったのだ。

今では昔のことをまったく話さない桂木の過去を知る人間は少ない。知っていても話さないのは裏世界の不文律でもある。側近の早瀬もそのあたりのことは何も知らない。もっとも、その早瀬自身も自分の過去を話したことなどない。むしろ、そのほうが二人の関係はうまくいくのだ。

今、桂木は東京を拠点にしている。昔のような動きはほとんどしていないが、それでも裏世界の情報は入ってくる。詐欺師たちも桂木の元を定期的に訪れる。詐欺の設計図を欲しがる者、ブローカーとのつなぎが欲しい者、理由はさまざまだが、桂木あってのこの世界であることは皆分かっている。

バー桂は、だから、本来はシロサギが集まる場所なのだ。

「桂木さん、じゃあ、失礼します」

カウンター奥の部屋から男が数人出てきた。いずれも癖のありそうな顔をしている。

桂木は黙って頷く。

男たちは静かにドアを開けて階段を上っていく。

「やつが来るのは午後、か」

呟くと桂木はカウンターの中に置いてある丸椅子に腰を下ろした。

新聞を開く。変わらぬ紙面を眺める。政治家の不祥事、公務員の汚職、交通事故……と、視線が止まった。そこには、鷹尾の事件が掲載されていた。一人死んだくらいでは大きく扱われはしない。写真も載らないベタ記事扱いだ。

だが、桂木はじっと見つめている。

「鷹尾が殺されたか……」

呟いたものの、桂木は鷹尾の顔など知らない。黒崎に仕事をさせる時に写真を見たが、もう忘れてしまった。

「石垣……」

石垣の顔は浮かぶ。だが、その顔は写真よりもなぜかずっと若い。

桂木は目をつぶり黙り込んだ。脳裏にはもう一人の顔が浮かぶ。これまただいぶ若い綿貫の顔だ。めまぐるしく過去が桂木の脳裏を駆けめぐっていく。

「いいか綿貫。やり過ぎるなよ。日本を潰《つぶ》すのが目的じゃない。横着な取引をしている企業から上澄みをいただく、その程度でいいんだ。分かってるな」

未だ壮年の雰囲気を漂わせている桂木が命じている相手は、同じく三十代半ば過ぎと思われる綿貫だ。まだ白髪もほとんど見受けられない。

「もちろんですよ、桂木さん。私は桂木さんの指示通りにやるだけです。分はわきまえてるつもりですから」

二人の周辺には他にも数人の男たちがいる。中央に腰掛けている桂木をぐるりと取り囲むようにして。

「取引を重ねていくと人間はだんだんと甘くなっていくものだ。現金取引以外はお断り、そう言っている人間だって、回を重ねるとツケを認めるようになる。なぜだか分かるか？」

桂木はぐるりとあたりを見渡す。鋭い視線を避けるようにみなうつむく。

「どうだ、綿貫？」

「信用、ですかね」

「それじゃあ五十点しかやれんな」

「あの……」

一番端に坐っている男が手を挙げる。石垣だ。

「なんだ、言ってみろ」

「慣れちゃうからじゃないですか？」

桂木は目を閉じる。

「誰だ、あのバカをつれてきたのは？」

「すいません、私です」

綿貫が静かに頭を下げる。石垣は恥ずかしさのあまり顔が真っ青になっている。他の男たちの顔も緊張している。

「いいか、ここはよく覚えておけ。取引を重ねると信用されるようになる。これは間違った答えじゃないが、百点でもない。信用だけではだめだ。大切なのは身内意識だ」

「身内……」

綿貫が呟く。

「覚えているか。かつて起きた金の先物取引の事件を」

日本の戦後史にはいくつもの経済事件が起きている。保全経済会事件、天下一家の会事件……その中でも特筆すべきなのが豊田《とよだ》商事事件である。豊田商事は金の先物取引で驚異的な伸びを見せた。その手法は実に古典的であり実践的であった。独居老人を中心に、男性には女性、女性には男性という組み合わせのセールスを行わせた。そこには異性であるという油断がまずはある。

「だが、一番はそこではない。人の寂しさに付け込んだのだ。身内が近寄らない寂しさに、な」

　おじいちゃん、おばあちゃんと呼びかけ、日参する。肩を揉む、庭を片付ける、建具を直す……およそなんでもやる。朝から晩まで一緒にいてやることがポイントだった。

「それだけいると、身内意識が湧いてくるものだ。そうなれば、信用以上になる。信用なんていうものは簡単に揺らぐ。だが、こと身内となれば、信用ではない」

　なんだか分かるかとばかりにまた周りを見渡す。みな、顔を伏せている。

「信じてやりたい、になるんだ」

　全員が強く頷いている。

「セールスというのは、そういう商売だ。しょっちゅう会っていると、身内意識・仲間意識が生まれる。だから、相手の嘘を信じてやりたくなるし、助けてもやりたくなる。それが人間というものだ。よく覚えておけ」

　今の桂木からはとても想像できないほど、能弁でなおかつ分かりやすい言葉が続く。

「今回の詐欺も同じことだ」

「身内意識・仲間意識……ですか」

　綿貫が答える。

「そうだ。取引というのはそういうものだ。一月《ひとつき》ではダメ。三ヵ月でもダメ。半年からが仕掛け時になる。最初は支払いのいい会社を演じるんだ。次には用がなくても顔を出す。昼時を狙え。一緒に飯を食え。社長が社内で食べるのなら弁当を持っていけ。近くの立ち食いそばに行くのならそこで待ち伏せろ。飯を食うのは一番手っ取り早い接近方法だ。間違っても酒じゃないぞ。このご時世、飲みに誘うような人間はろくでなしだと思われる。誘われても断れ」

「ずっとですか？」

「いや、もし酒好きな相手だったら五回に一回はつきあうんだ。そしてな、断った翌日には必ず肝臓に良さそうなものを持っていけ。ウコンでもなんでもいい。効いても効かなくてもいい。相手の体を思いやっているんだというポーズが重要だ」

メモをとっている男がいる。桂木がめざとく見つけた。

「何をしてる」

「いえ、忘れないうちに……」

「頭にメモしろ。次に同じことをやったら、おまえにはこの世界から去ってもらうぞ」

有無を言わせない。誰が支配者であるかを思い知らされる一言だ。

「今回は一年だ」

長すぎるといった雰囲気が漂う。桂木は初めて唇をゆがめるように笑った。

「心配するな。毎月新しく起こしていくから始まりだしたら一年連続で倒れることになる」

「そこまでやりますか」

綿貫が感心した声を出す。

「そうだ。そこまでやるんだ。だが、範囲は限定する。被害を広げるのが目的ではない。最初に言ったように、横着な企業の上澄みをもらうのが目的だからな」

桂木が立ち上がる。

「じゃあ、一人ずつ来てくれ。詳しい計画を教える」

奥の小部屋へと桂木が消えていく。男が一人、周囲に軽く会釈をして入っていく。

「綿貫さん、すいませんでした」

桂木が消えたのを確認すると、石垣が綿貫に頭を下げる。

「ん？　気にするな。桂木さんはああいう人だ。何を答えても正解にはどうせならない」

「そうなんですか？」

「そうさ。五十点の答えをすればいいんだ。そうすれば、あの人が二百点分ぐらいのことを教えてくれる。それが大切なんだよ」

石垣は大きく頷いている。

男が部屋から出てきた。

「綿貫さん、次、あんただってよ」

声をかけられ、綿貫が小部屋に消えていく。その後ろ姿を頼もしそうに見つめている石垣に、別の男が声をかける。

「あんた、綿貫の下で仕事してるのか？」

「え？　はい、まだ駆け出しですが」

「そうか。まあ、がんばれよ。綿貫はちょっと頭が良すぎるのが玉に瑕《きず》だがな」

「は？　どういう意味ですか」

「言葉通りの意味だよ、あとは自分で考えるんだな。俺たちは駒だ。桂木さんっていう無上の指し手が使う、な。駒が勝手に動けば指し手はどう思うか……」

石垣は男の言葉を額面通りには受け取らなかった。人の駒のままで終わってたまるか、と。

小部屋の中では桂木と石垣が綿密な打ち合わせをしていた。

「……だいたいそんなところだ。後はおまえがうまくやれ」

「分かりました。多少、工夫してもいいですか？」

「工夫？　ほう、何か足りないところがあるというのか？」

「い、いえ、そういう意味じゃ……」

「綿貫。おまえは頭がいい。俺が知っている中では御木本に並ぶかもしれん」

「とんでもないですよ。御木本さんに比べるなんて……」

「だがな、俺の手のひらから飛び出すつもりなら、それ相応の覚悟はしておくことだな」

桂木の全身から熱気がほとばしる。

「分かってます、分かってます、もちろん」

がくがくと頷く綿貫。それをじっと見つめる桂木。時間は永遠に止まっているかのようだった。


「時間……か。そろそろ黒崎が来るな」

桂木は壁の時計を見つめる。先ほどまでの事柄はすべて深い闇の中に消えていった。

手元にある新聞を片付けると、グラスを手に取り、ゆっくりと磨き始める。

ガタガタと激しい足音が聞こえる。階段を飛び降りるようにして黒崎が下りてくる。

ドアが勢いよく開き、カウンターにぶつかる。

「静かに入れ。五分と変わるまい」

桂木は背中を向けたまま呼びかける。

だが、大きな音を立てて入ってきたとは思えぬほど、黒崎は落ち着いていた。息も上がっていない。表情はやや厳しいものの、怒りに染まってはいない。

ゆっくりとスツールに腰を下ろす。いつもとは違い、カウンターに正対している。

「世間的には」

桂木は棚の方を向いたままゆっくりと口を開いた。

「たいした事件ではない。人の死体が、それもたった一人、見つかっただけのことだ。この程度のニュースで驚く人間などおるまい」

「俺にとっては珍しいニュースさ」

黒崎は視線を斜め下にずらす。

「自分が喰ったシロサギが東京湾に浮かんだんだからな。いったい何がどうなってるのか説明してほしいね」

桂木は黙っている。

「そういう血なまぐさい話はお嫌いのようだね。じゃあ、その道のプロにお聞きしましょうかね」

いつ出てきたのか、早瀬が立っている。カウンターの中ではなく、黒崎の坐っているスツールの斜め横だ。まるで、桂木に含むところがあるのなら、即座に押さえつけるぞと言わんばかりの立ち位置だ。早瀬はまったく表情を変えない。

「は、相変わらずクールだね。鷹尾はさ、俺に三百万円騙し取られてやけ酒飲んで東京湾にダイブしちゃった……わけじゃないだろ?」

「見た目は溺死。だが、司法解剖の結果、肺に水は入っていなかった。つまり、鷹尾は海に沈む前に死んでいたことになる」

「それって、まだ発表されてない情報だろ。さすがは桂の玄関番だな。あちこちにいいパイプがあるわけか。それにしてもさ、仲間割れしたとしても、殺しまではやらんだろ? シロサギなんだから」

早瀬は軽く肩をすくめた。見当外れだと言いたいのだろう。

「鷹尾も石垣もフロント企業とつきあいがあった。石垣は距離を置いていたようだが、鷹尾は何かと顔を出していたようだ」

「ふーん、なるほどね。てことはあの二億円は石垣の金じゃなくて……暴力団の金、ヤバ筋の金ってことか」

黒崎はちらりと桂木を見た。何を当たり前の話をしているのだ、そんな表情に見える。

「鷹尾のやつ、俺が渡したカードを石垣じゃなくて、フロント企業のやつらに売り渡しちまったのか。で、買い取った連中が二億円をチャージしたってことか。それにしても、殺さずに回収するっていう発想はないのかねえ、あの方たちには」

早瀬がまた肩をすくめる。

「回収の見込みがなければ、すべきは制裁。これはごく普通のルールだ。昔だったら鷹尾に保険金をかけて東南アジアツアーでもしてもらうところなのだろうが、今は保険会社も現地の警察も昔ほどぬるくない」

「にしたって、日本の警察だってぬるくないだろう？」

「おまえは大切なことを忘れてるようだな」

桂木がグラスを拭きながら口を挟んだ。

「大切なこと？」

「そうだ。二億円の金が消え、男が殺された。これが事実だな？」

「そうだよ。保険かけて殺さなくったって因果関係は明白だろうが」

「そうか？　おまえのカードを使った連中の金はどこに消えたんだ？」

「それは、俺の……！」

「鷹尾が二億円を騙し取ったなら、警察も目をつけるだろう。だが、騙し取ったのはおまえだ。おまえと鷹尾の関係が表沙汰《おもてざた》にでもならない限り」

「日本で殺した方が安全って寸法か。くそ」

「もうひとつ」

「まだあるのかよ」

「おまえが鷹尾と会っていることは、クラブの連中は知っている。おまえのことだ、変装はしたんだろうが、蛇の道は蛇だ。しばらくはおとなしくしておくことだな」

「ご心配ありがとうさん」

「おまえが死のうが生きようがわしには関係ない。だがな、おまえがやつらに捕まって、いろいろと知られると困る」

黒崎は桂木を睨み付けた。

「そういうことかい。けど、桂木さん。あんたも大事なこと忘れてるよ」

グラスを拭く手が止まる。

「教えてやろうか」

「教えてもらおう」

「あの二億円が石垣の金じゃなかったってことは、俺はあの贈答詐欺師野郎を喰いそこなったってことだ。これが一番大切なことだよ、俺にとってはな」

早瀬がちらりと桂木に視線を送る。桂木はまたグラスを拭き始めた。

「あんたさ、もしかしたら、最初からこういう結末になるって分かってたんじゃないの？見越した上で俺にネタを出した。違う？」

桂木は答えない。

「なあ、いい加減に教えてくれよ。あの石垣ってのは何者なんだよ。くだらない贈答詐欺でせこせこ稼いでる、そんな小物じゃないだろ、本当は」

「リターンマッチか」

「喰い損ねたままじゃ寝付きも寝覚めも悪い、そういう性分なんでね。狙った魚がせっかくこっちの針に喰いついてくれたってのに、引き上げてみたら別の魚だったなんてのはさ。ま、今回は魚どころか蛇がかかっちまったわけだけど」

桂木はカウンターの下から一枚の写真を取り出すと、黒崎の前につきつけた。

「これ、石垣……だよな。ずいぶんと若いけど。で、この写真がいったいなんなの。俺が聞きたいのは石垣の正体なんだけどね」

「あいつの正体が知りたいのなら、わしよりもうってつけの人間がいる。おまえにとってもわしから聞くよりも数倍、いや数十倍も楽しいはずだ。おまえが石垣を仕掛けた店、覚えてるか？」

「……銀座のさくらみちって店だったかな。桜ビルとかいう洒落た名前の建物にある」

「そうだ。そこに行ってママに会ってみろ。そうすれば、わしよりも面白い話を聞かせてくれるぞ」

「ママ？　どういうことだよ、それ。なあ、もったいつけないで教えてくれたっていいだろうが」

桂木はゆっくりとグラスを置くと、奥へと向かっていく。

「おい、オヤジ、なんだよ」

黒崎は後を追おうとするが、早瀬がすっと立ちはだかる。

「あの部屋はクロサギには関係のない部屋だ。もし入りたいのなら」

「シロサギになれって？　は、ご挨拶だね。はいはい、分かりましたよ。謎かけの大好きなお二人には勝てません。ご指示通り、ママとやらに会ってみることにしますよ」

黒崎はゆっくりと出口に向かう。そして、ドアに手をかけながら、振り向く。

「カラクリがしっかりと分かったら、その先は答えてくれよ」

だが、すでに店内には早瀬の姿もなかった。あきらめたように首を振りながら黒崎は階段を上っていった。


どうも落ち着かないな、黒崎は案内されたボックス席で手持ちぶさたにしていた。横にはホステスが坐っているが、酒にも手をつけず、何を聞いても「ああ」「そう？」「ふうん」しか言わない黒崎にうんざりしている。ボックス席は基本的にＶＩＰ席扱いになっている。そこをわざわざ指定してきたのだから、金回りのいい客だろうと喜んでついたが、とんだ当て外れになったわけだ。誰か早く私を指名してくれないかしら、ありありと顔に書いてある。

「ママ、あちらのお客様が」

マネージャーが着物姿の女性に声をかけている。女は頷くとボックス席に近づいてきた。

「ご挨拶が遅くなりまして。ママのさくらです」

挨拶をしながら、素早く黒崎を観察している。変わったスタイルだが、カタギのサラリーマンには見えない。そもそも、銀座の高級クラブにやってくる年齢でもない。だが、雰囲気に呑まれているわけでもないし、落ち着いている。何者だろう。

「あの、失礼ですが、うちはお初めてでらっしゃいますか？」

「いや、前に一回来たよ」

あのとき、石垣はあんたを見て顔色を変えた。そして逃げるように店を出ていったんだ。会いたくない人間に出会ってしまったとでも言うようにな。黒崎は心の中で呟いた。

「悪いけどさ」

初めてまともな言葉をかけられたホステスだったが、その後に続いた台詞にいたく傷つけられることになる。

「ママと話があるから、席外してくんないかな」

席を離れられるのはうれしいが、それにしても、自分をバカにしている。ホステスはむっと表情を変えた。

「いいかな、ママさん」

黒崎は桂木から受け取った石垣の写真をさくらに手渡した。

「ちょっとこちらのお客さんとお話があるから、あなた、五番テーブルのほうについてちょうだい」

ホステスが去ると、さくらは黒崎の正面に腰掛けた。

「その男、知ってるよな」

「石垣……そう名乗っていたわ。今も同じ名前なのかは知らないけど」

「今も石垣さ、そいつは。もっとも大分老けてるけどな。あんたが知ってる石垣はその写真の頃ってことか。今から二十年近く前ってことになるのかな？」

「あなた、いったいなんなの？」

「それはこっちが聞きたいね」

「どういうこと？」

「石垣のことを詳しく知りたい、そう言ったらその写真を渡されて、あんたに会えと言われた。それ以外のことは何も聞いていない。こいつの謎解きをしてくれるのがあんただってことだ。違うのか？」

「誰に言われたの」

「……」

「黒崎さん。申し訳ありませんけど、お店ではプライベートなお話はしないことにしていますの。ここは銀座。お客様に夢を売ることが仕事ですから」

さくらはすっと立ち上がる。そして、ちょっと待てと黒崎が言いかけるのを、目で押さえる。

「十二時にお店は終わります。迎えに来ていただけるかしら？」

艶然《えんぜん》と微笑《ほほえ》むその姿は、まさに銀座のママそのものだ。ホステスでは決して出すことのできない色気。それは、海千山千の男たちを手玉にとり続けた女だけが持っているものの。だが、今の黒崎にとっては、なんの価値もないものだ。価値があるとすれば、店が終われば話をするという可能性だけだ。

「分かったよ」

会釈して去っていくさくらの後ろ姿を黒崎は目で追う。

「マネージャー」

黒服がさっと近づいてくる。

「お勘定してくれる？」

「え、もうお帰りですか」

「考えてみたらさ」

黒崎はいたずら小僧のような表情になった。

「俺……酒、あんまり好きじゃないんだわ」

あっけにとられるマネージャーに金を渡すと黒崎はさっさと店を後にした。

「高い店だな。坐って話しただけで六万円ってなんだよ、いったい。冗談きついな。あんなところにたくさん客がいるってのは七不思議だね、ほんと。さてと、十二時まではあと二時間半……どうやって過ごしたもんかね」

黒崎は酔客の声でにぎわう街の中で、一人だけ取り残されたような感覚になっていた。


「今ごろ、さくらみちですかね」

桂の店内。桂木と早瀬がいる。ドアには早々とCLOSEDの札が下げられている。この店は店主の気の向いた時にしか開いていないから誰もそれを不思議に思っていない。

「いいんですかね、黒崎にあそこまでやらせて。やつは綿貫にまでたどり着くかもしれませんよ」

桂木は先ほどできあがったばかりのコーヒーの香りを楽しんでいる。

「私が言うことじゃないでしょうが」

「挽《ひ》きたての豆は匂いが違うな。おまえも飲まないか」

「桂木さん」

「知ってるだろ、早瀬。挽いてから時間の経った豆は酸化する。そうなったら風味どころではなくなるんだ。素早く挽いて、さっとドリップする。これがなかなか難しい」

ゆっくりとコーヒーを口に含む。

「この味がなかなか出ない。味わえる時間は驚くほど短い。綿貫は言うなれば、挽いたまま酸化してしまった豆のようなものだ。誰かが間違えて飲めば、コーヒーを誤解するだけだ。なんだこんなものか、とな。そういう豆はどうすればいい？　うん？」

「捨てますか」

「そうだな。それも一つの手だ。だが、もっといい方法もあるだろう。わしはな、それを期待しているんだ」

「黒崎に、ですか？」

「まさか……。あいつにそんな器用なまねができるようなら、ここには来ないだろうさ」

分かったような分からないような、だがそれもいつものこと。早瀬はじっと桂木がコーヒーを飲み干すまで見つめていた。

「いいマンションだね。さすがは銀座のママってところか。でも、いいのかい、俺なんかが入って。後で頭の禿《は》げたパパが登場して三角関係のもつれなんてのは願い下げたいもんだね」

「あなたテレビや雑誌の見過ぎじゃない。ここに住んでるのは私一人だしお金を出したのも私。ややこしい人はいないわ。その辺に適当に坐ってて。シャワー浴びてくるから」

イタリア製らしいお洒落で坐り心地のいいソファに身を沈めながら黒崎は考えていた。

なぜ桂木は石垣を知るためにこの女に会えと言ったのか。確かにこの女と石垣の間に何かがあっただろうとは思う。それは、石垣の態度が明確に示している。だが、石垣の正体まで知っているんだろうか。面白い話が聞けると言っていたが、あのオヤジのことだ。その話の内容は全部知っているだろうに、ややこしいことをさせやがる。何もかもゲームのように楽しまないと気が済まないのか、あのオヤジは。

ガチャリとリビングのドアが開いた。

着物姿とはうってかわった姿のさくらが入ってきた。しっかりセットした髪は洗われ、湯上がりで上気した肌はバスローブに包まれている。化粧を落としたその顔は、思いの外に若く、そして美しかった。黒崎から見れば、店の中で見た完璧《かんぺき》な美を誇るような姿より、今のほうがよほど好意がもてる。もし、そういう立場だったなら、の話だが。

さくらは髪を拭きながら、ソファに腰を下ろした。

「君、ずいぶんと若いけどいくつなの？」

「あんたさ、名前も素性も職業すら分からない男と二人きりでよく平気だね？　こんなに簡単なもんなの、銀座のママっていうのはさ。それとも、俺が誰に言われてここに来たか、分かってるってことかな？」

「僕、強がらなくてもいいのよ、別に。私から見たらあなたは、せいぜいが弟ってとこなんだから」

「言ってくれるね、あんたいったい何歳なんだよ」

「私？　私は三十七歳、立派なおばさんね。最近じゃ熟女なんて気持ち悪い言葉もあるみたいだけど、私はおばさんて呼ばれたほうがよっぽどいいわ。熟女なんて、気持ち悪い。熟した女なんて、熟した柿より程度が悪いわよ。で、君は」

「俺は……二十一歳」

「若いのね、本当に。十六歳も違うんだもの、当たり前か。もっとも人間の年齢なんてさ、何年生きたかで決まる訳じゃないわよね」

「何が言いたいんだ」

「あら、こういう話が好きそうな顔してたから、ごめんなさい」

「俺がここに来たのは……」

「分かってるわ。石垣のこと、聞きたいんでしょ。私だって話すつもりがなかったら、部屋に呼んだりしないわよ。でも、私が話せる石垣のことは、父に関係することしかないわよ。私と石垣個人の付き合いがあったわけじゃないから」

　さくらは、ふっと寂しい目つきになった。

「あんたのお父さんが石垣と関係があったというのか？」

「関係……そうね、そういう言い方もできるかもしれないわ。どう、聞くつもりはあるの。身の上話が好きそうなタイプには見えないけど」

「そうだね。誰の話だろうが身の上話なんて趣味じゃない。けど、それが石垣に関わるっていうなら、どんな話でも聞かせてもらいたいな。俺をここによこした誰かさんも、それが狙いなんだろうからね。もっとも、何が狙いなのか考えて当たるような人じゃないけどさ」

「そうね」

「ん？　あんた、やっぱり？」

「何？」

「いや、いい。聞かせてもらうよ」

さくらは立ち上がるとブランデーをグラスに満たして戻ってきた。

「お酒、飲めないわけじゃないわよね？　少しアルコールが入ってたほうがちょうどいい話かもしれないわ」

「酒の力を借りないと話せないような内容ってことか？」

「そうは言わないけど、だからってまるっきりしらふの人に話すのもね。私だって別に身の上話をするのも聞くのも好きな訳じゃないのよ。でも、せっかく誰かさんに言われて来たんだから」

「もったいつけるじゃないか」

「あら、いやならやめるわよ。それを飲んだら帰るといいわ。聞くか聞かないか、あなたが決めることだから」

「……聞かせてくれ」

さくらはブランデーを呷《あお》った。店ではそれほど飲まないのだろうか、頬が赤く染まる。

「もう十二年も前のことになるわ……ちょうど日本がバブル経済崩壊の痛手から立ち直り始めたころね」

　さくらはブランデーを注ぎ足すと、ほっと小さく溜息をつき過去を思い出していった。


　さくらの父は水野《みずの》事務機という小さな会社を経営していた。ＯＡ機器というほどの物ではなく、パソコンやプリンターなど儲けの多い物は扱わず、もっぱら事務机や什器《じゅうき》・消耗品といった身近な物が中心だった。町中によく見かける事務機販売会社だ。それでも大手に負けないようにアフターサービスに力をいれることで差別化を図るなどの努力は続けていた。商品を届けるだけではなく設置まで手伝うことは当然として、一度でも購入しくれた客には、引っ越しや移動の助っ人まで買って出るほどだ。

「本当は社長がそんなことやってたらダメなのかもしれないな」

　絵に描いたような人の良さを見せながら父がそう笑っていたことをさくらはよく覚えている。よく笑う父だった。

　さくらは短大を出てから父の仕事を手伝っていた。バブル崩壊直前から働き始め、五年が経過していた。その時代、まだまだ日本は厳しい状況が続いていた。新規注文など滅多に来ない上、長年の付き合いがある取引先が店を閉めることも珍しくなかった。さくらは給料もほとんどもらわない状態が続いていた。

「それは気にならなかったけど、少しも。女の社員って私の他には、パートのおばさんぐらいしかいなかったし。お茶くらい出す人間もいないとね」

それでも、世の中が少しずつ回復していくと、経営状態も徐々に良くなっていった。少しではあったが新規注文も増えていったし、さくらも少額だが給料を毎月もらうようになっていった。

「あのまま続けば、小さいなりに幸せがつかめたと思うわ、父も」

それがすべて瓦解し、夢に終わったのは栃本《とちもと》物産という会社との取引が始まったことからだった。最初は良かった。

「おおい、さくら。いよいよ、うちも軌道に乗りだしてきたぞ」

いかにも人の良さそうな、笑いじわが顔いっぱいに広がった五十半ばの男。作業服に身を包んで汗を流している姿は、社長というよりも現場監督のようだ。

「お父さん、無理しないで。少しずつだけどお客さんも増えてるし……。私の給料なんか心配しなくていいのよ。お父さんと一緒に働けて楽しいんだから」

「ありがとうよ、さくら。でもな、やっぱり仕事は仕事、ちゃんとしないといけないんだよ。おまえにも給料を払わないといけないし、いつまでもお父さんの世話させとく訳にもいかんだろ。会社が安定すれば、おまえだって安心して結婚もできるだろうし」

「何言ってるのよ。好きな人ができたら会社が傾いてたって結婚します！」

「あははは、そりゃそうだな。でもな、さくら本当にいい話なんだよ。栃本物産っていう会社なんだがな、うちと定期できっちりと取引してくれるっていうんだ。ありがたい話じゃないかこのご時世にさ」

「大丈夫なの、その会社」

「まあ、それ程有名な会社じゃないが規模は小さくないし支払いは現金だっていうしな」

さくらの父は新しい取引先ができたことを手放しで喜んでいた。あの時代は、取引先が増えることこそが生き残る道だった。まして現金で支払ってくれるなら余計な心配をする必要もなかった。

一月目、二月目……栃本物産の注文は少しずつ増えいつのまにか取引の中心になっていった。もちろん他の会社に負けないような値引きもしていたため、利益が著しく増えたわけではない。だが会社は動いているというその状態が大切なのだ。金の出入りももちろん、注文を受け出荷する、その一連の動きこそが会社を支える原動力なのだ。

だが、結果的にはそれがすべての始まりであり、崩壊の序曲でもあった。

栃本物産との取引が始まってから半年が過ぎた。いつものように栃本物産の営業マンが水野社長と昼食をともにしていた。その営業マンは熱心で、仕事がらみ以外でもよく昼時になると顔を出していた。日課のように感じられるほど。さくらの父は酒を飲まないため、昼食こそが憩《いこ》いの時だった。酒席のように弁当や出前を食べながら話をするのだ。さくらや社員も付き合わされたが、さすがにみな飽きてきていた。そこに熱心で聞き上手な相手ができたのだから喜ばないはずがない。

営業マンは最初、弁当持参でやってきたが、訪問が頻繁になってからは、一緒に出前を取るまでになっていった。その日も、いつものように話は弾んでいた。

「あんたも、しかしマメな人だなあ。いいのかね、私のところばかり来ていて」

「そう言われると困っちゃいますけど、やっぱりご迷惑ですか？」

「いやいや、そんなことはないよ。楽しいよ。もうなんていうか、家族の一員みたいな感じがするなあ」

「ありがとうございます。いや、うちの社長にも言われてるんですよ、水野《みずの》さんのところはグループ会社のようなものなんだから、一蓮托生《いちれんたくしょう》でいけって」

「いやあ、そこまで言ってもらえると嬉しいよ。栃本さんが伸びればウチも伸びるから」

「それで、ちょっと今日はご相談があるんですよ」

「なんでも言ってくださいよ」

「実は、うちも業務拡大をしていましてね。日本も大分回復してきたこともあるし、このまま同じコトをしていてもじり貧になりますから」

「そうだなあ、確かに景気は上向いてるようだね。ま、うちあたりにはそれほど風は吹かないが」

「いえいえ。当社も拡大する以上は、これまでよりさらに事務機も必要になるんです。当然、水野さんのところへの注文も増えますよ」

「いやあ、ありがとう」

「で、ですね。そうなってくると支払額も増えてきますでしょ。もちろん、銀行に支払い資金はプールしてあるんですが、実績を作らないと融資にも影響が出ましてね。ちょっとの間でも現金を残しておいてくれ、と言われてるんですよ、銀行さんに」

「なるほどなあ、そういう話は聞いたことがあるよ。自分の金を預けて、それを担保に借りるなんてのを銀行は勧めるらしいな」

「まあ、そういう事情なもんですから、支払いを手形にしていただきたいんですよ。あ、もちろん水野さんのところにはお世話になってますから、支払いは三十日後のものです。どうでしょう、お願いできませんか」

「手形、ねえ」

バブル崩壊の痛さを知っている経営者だけに水野はためらいを見せた。支払いのこともある。だが、ここで事業が拡大されることは悪いことではない。何よりもう半年も取引があった。実際には水野の感覚ではもっと長く感じられただろう。多いときには週に三回も顔を出す営業マン、誰しも濃密な付き合いだと思ってしまうだろう。だが、その錯覚こそが相手の狙いだった。

「いいでしょう。栃本さんとはいい商売をさせてもらってるし、何よりあんたのような営業マンがいるんだ」

水野はまた人の良さそうな笑顔で了承した。さくらはその笑顔が今でも忘れられない。

「あのとき、父が了承しなければ。私が止めてれば、なんてね、できっこないのによくそう思ったわ」

再び立ち上がったさくらは、ブランデーではなく冷蔵庫からミネラルウォーターを持ってきた。

「ふう。もうお酒はいらないわ。この話人にするの初めてだからちょっと疲れちゃった」

「初めて？」

「あ、正確には二度目になるんだけど……でもまあ完全な第三者に話すのは初めてね」

「第三者、ね。それにしても、用意周到だよな、その栃本物産って会社は。そこまで入り込まれたら、そりゃ手形もＯＫするだろうさ。手形イコール詐欺ってことでもないわけだしな。実際、手形になってどうだったんだ？」

「ちゃんと支払われてた。期日になって銀行に持ち込むと、きちんと現金になったわ。最後の二回を除いて」

「ていうと？」

「倒産したのよ、栃本物産が……」

「二回分を残して、か。でも、三十日後だったんだろ、だったら……」

「それが、そのときだけ、いつもより商品が必要だから多めに回してくれって言われてね。支払いは来月回しでいいだろうかって頼まれちゃったのね。だから二回分」

「金額は？」

「二千三百万……いつもは、一回が五百万弱だったから実際には四ヵ月分ぐらいね」

「取引先は他にもあったんだろ？」

「ええ。現金のところもあったわ。でもね、もうそのときには栃本物産がメインだったから。他のを全部合わせても一割にも満たないのよ」

「で、どうなったんだ」

「うちみたいな中小企業はね、基本的に自転車操業なのよ。来月の支払いを当てにして、手形で仕入れてるわけ。だから、もし、その支払いがなくなったら」

「今度は自分のところの手形が落とせなくなるってことか」

「そ、そういうこと。栃本物産が倒産したおかげで、今度はうちの手形が危なくなっちゃったのよ。一回目の手形で不渡りを出したら、取引先は逃げ腰になったわ。でも、二度目さえ回避すればって父は金策に走ったわ」

「不渡り二回で銀行取引停止。事実上の倒産だものな」

「でもね、バブルの痛手がまだ残っている当時でしょ。銀行は融資なんかしてくれなかったわ。回収に血道を上げてたころですものね、無理もないわ」

「不良債権ってやつか。あいつらは大嘘つきさ。国の金で補塡《ほてん》してもらって、利息は最低。あの頃、一番儲けてたのが銀行だよ。やつらに少しでも人間らしいところがあれば、あんたの親父さんも助かったかもな」

「そうね、今ならあたしもそう思うわ。でも、そのときはそんな理屈は知らなかった。父は家を売ることを決断したんだけど、不動産の価格は下落していたし、借金の担保にもなっていたから、仮に売れたとしても焼け石に水。結局、二度目の手形も不渡りになって、あえなく倒産したわ」

同情すべき話なのかもしれないが、黒崎にしてみればどうということはない。少なくともさくらは今は成功しているじゃないか。自分のように家族すべてを失い、詐欺師を喰う詐欺師などといううろんな職業についている訳でもない。

父親が家族を殺す。そんなおぞましい光景などとは無縁じゃないか。

「しかし、あれだね」

「なあに」

「肝心の石垣はまったく顔も出てこないんだな」

「大丈夫よ。ここからが一番大切なところなんだから」

さくらは深呼吸した。いよいよ本番が始まる、その覚悟のようにも見える。

「栃本物産が倒産して、そのあおりでうちも倒産してしまった。けれど、大変なのはそれからのほうだったの。うちは倒産してしまったけど、栃本物産に対しては債権者でしょ。手形も持ってるし。そう、債権者会議に出席したのよ栃本物産の。私も父もそんなところに行くのは初めてだったわ。場所は栃本物産の会議室。かなり広くて、大勢の人が集まっていたわ。みんなうちのような零細企業の人たち。父と二人で席に着いたんだけど、よく見ると前の方の人たちは、私たちとは雰囲気が違っていた。ガヤガヤ話しているし、よく見るととてもカタギには見えない人たちもいたわ」

異様な雰囲気の中、債権者会議はスタートしていった。

「大変お待たせ致しました。それではただいまより、栃本物産の債権者会議を始めたいと思います。私は当社の常務をさせていただいている」

「やかましいわ、ボケ！　己の自己紹介なんぞ聞くためにここに集まってるんとちゃうぞ。忙しいとこ来とるんや、ご託ならべんとさっさと始めんか！」

「そやそや！」

「し、失礼致しました。それでは、代表取締役栃本から資産についてご説明致します」

疲れ切った顔の初老の男が立ち上がる。深々と頭を下げる。

「ええ、お手元にお配りしてありますように、当社の資産として残っておりますのは、一千万程度でありまして」

とたんに、サングラスの男が立ち上がる。

「負債総額十八億円に対して現在の総資産額が一千万ってのはどういうことだ！」

周囲の男たちも大騒ぎをしている。机を叩く者、書類を丸めて投げつける者。会場は蜂《はち》の巣をつついたような騒ぎだ。

「は、しかし、その処分できる資産をすべてあわせましても」

またヤクザふうの男が立ち上がる。

「こら、ええ加減にせえよ。どういう足し算をしたか聞くために集まってるわけじゃないぞ。どうやったらわれわれ零細な債権者に対して、配当を出せるのかと聞いてるんだ。こら、はっきりせんかい」

男がさっと右手を広げる。それが合図であったかのように、十数人の男たちが立ち上がる。怒号が響き渡る。

正面に坐っている社長以下、弁護士までもが首をすくめ怯《おび》えている。さくらと父は、あまりのことにただただ驚くばかりだった。

「このままじゃ、一パーセントにも満たないじゃないか。それはつまり、俺たちに首をくくれって言ってるようなもんじゃないか！」

さくらも、この言葉にだけは賛同したかった。二千三百万の一パーセントは二十三万、それにも満たない金をもらったところでどうしようというのだ。

怒号は終わることなく続いていた。

「みなさん。みなさん、お静かに！」

立ち上がって怒鳴っていた男たちが一斉に席に着く。

「資産総額一千万円などというばかげた話を受け入れるわけにはいきません！　社長の私財、売り掛け、金になるものはまだまだあるはずです」

メガネをかけ、ゆっくりと前に歩き始めた男。

「それが石垣だったのよ。石垣の演説は見事だったわ。あっという間に場が収まっていったわ。今でもよく覚えてる」

正面まで歩いていった石垣は、関係者用に用意されたマイクを手にすると、債権者に向かって話し始めた。

「みなさん。大切なことはわれわれ債権者が一致団結することです。もし、バラバラになってしまったら、先ほどの一千万円というでたらめな数字でごまかされてしまいます。隠し財産はないのか、売れるものは残っていないのか、回収できる資金はないのか。徹底して洗い出す必要があります。そのためには抜け駆けをしないで、全員に分配できるようにまとまろうではありませんか。いかがですか、みなさん！」

「異議なし！」

「賛成や！」

「任せたで！」

先ほどの男たちが一斉に立ち上がると口々に石垣を褒める。

「拍手や拍手」

サングラスの男が手を叩く。

男たち、手を叩きながら、呆然《ぼうぜん》としている一般債権者を睨《ね》め付ける。あわてて債権者たちも拍手に加わっていく。さくらの横で、父親も力なく手を合わせている。

「やめなさいよ、お父さん」

「いや……でも、あの人の言ってることは間違ってないよ。なんとか一割ぐらい戻ってくれれば助かるじゃないか」

石垣は悠然と債権者を見渡している。

「では、みなさん。僭越《せんえつ》ながら私がみなさんの利益の代弁者として会社と交渉したいと思います。よろしいですね」

今度は全員が拍手をした。他の一般債権者にしてみても、さくらの父親と同じ気持ちだったんだろう。

「整理屋、か」

「よくご存じね」

「債権者の一致団結を訴え、自らが代表に収まって債権処理を思い通りにしていく連中。表面上は全員の利益のためになどと言ってるが、実際の狙いは他の債権者を排除して、動産・不動産をはじめとした資産を我が物にしてしまう連中……。会社が倒産するとハイエナのように集まってくるやつらだ」

「あなたの言うとおり。石垣は栃本物産の残っていた資産をすべて持っていったわ。私たちには一パーセントどころか、一円だって支払われなかった。手形しか持っていない人は権利がない、と言われたのよ」

黒崎は唇を噛みしめた。

「石垣が整理屋とはな。もっとも、今の話だとその栃本物産の倒産自体も怪しいもんだな。計画倒産っていう線が濃いな。おそらく、あんたの親父さんの会社をはじめ、多くの会社から商品を手に入れてそれはバッタにでも流したんだろ。でもって、最後は石垣が登場して債権者を泣かす」

くそオヤジ。何が贈答詐欺師だ。石垣は相当に大がかりなシロサギグループのメンバーじゃないか。金も人も大勢必要なのが、倒産整理だ。黒崎はこの場にいない桂木に毒づいた。

「結局のところ、すべてはグルだったんだろうな」

「そう思うわ。あのヤクザ風の男たちにしたって仲間かもしれない」

「間違いなくそうだろうな。やつらが怒鳴り騒ぐ。そのパワーでとりあえず場の流れを支配してしまう。そこに今度は紳士的な石垣の登場だ。本来なら、何を勝手に代表に収まってるんだと思われてしまうのだが、荒っぽい連中の後だと、ほっとするんだ。気づけば誰もが石垣をいいやつだと思いこむ仕組みだな。ただ、それ自体はよくある光景だ。問題は栃本物産の倒産が計画的なもの、つまりは詐欺なのかどうかってことだな。そこが分からないと……」

「そうよね。あの時代だったら、単に経営がうまくいかなくなって倒産したってことも考えられるし」

「そっちのが普通だろう」

「でも、違うの。あれは計画倒産、倒産詐欺なのよ」

強く言い放つとさくらは書棚からスクラップブックを取り出し、ページを開いて黒崎に手渡した。

「見てちょうだい」

そこには大手経済新聞の記事が張られていた。

［中小企業の連鎖倒産拡大　被害企業百社超　背景に計画倒産か？］

見出しが目を射る。

［平成大不況の中、中小企業の倒産はいっこうに減る気配がない。ここに来てさらに事態を深刻化させているのは、連鎖倒産である。中でも先日起きた栃本物産の倒産は悲劇的だった。同社と取引していた中小企業が相次いで倒産し、すでに百社以上が破綻《はたん》している。その背景には周到な計画倒産があったのではないかという指摘もなされており、もし、それが本当であるとすれば、許されざる犯罪ではないだろうか］

「あくまでもそういう疑いがあるっていう記事なんだけどね」

「百社か……たいした数だな」

「ここにつとめていた人とその家族、数千人が路頭に迷ったことになるわけ。決して小さな事件じゃないわ」

「その一人があんたというわけか」

さくらは小さく笑った。

「私はそれなりにがんばったわ。こんなマンションに住むこともできたし。もっとも、水商売をやろうなんて、その頃は思ってもいなかったわ。短大出てずっと事務員しかしたことないんだもの。アルバイトすらしたことがなかったのよ。それが銀座のママだものね、笑うしかないわ」

「それもまた人生、だな」

「そうね。悔いのない人生を送っている人なんていないんだもの。私なんかまだまだ他の人に比べたら恵まれてるかもしれないわ。実際、私以外の被害者は、仕組まれた倒産だってことも知らないまま困窮していったのよ。自殺した人だっているわ。うん、自殺じゃなくたって、あの倒産がきっかけで倒れて病気になって死んだ人もいる。みんな、あいつらが殺したのと同じよ。それでも、本当のことを知らなければ、運がなかったって嘆くことしかできないでしょ」

「確かにな。俺はそういう負け犬は嫌いだけどな」

「負け犬とはきついわね」

「そうか。自分を陥れた正体が何なのか知らないままに人生が送れるか？　俺は嫌だね」

「私も嫌よ。私、思うんだけどね。死んでも許せない、憎んでも憎みきれない相手がこの世に存在する、そう思ったら人間はねどんなに苦しくても、道を切り開いて生きていけるんだと思うわ」

さくらは、スクラップの記事を手で押さえた。

「私がまったく縁のなかった水商売の世界でがんばり抜いて、銀座のママにまでなれたのもそのせいよ」

氷のような目でさくらは黒崎を見つめた。

「この記事は推測で終わっているわ。でもね、黒崎さん。私は、この記事がすべて真実だって知っていたのよ。この新聞が発売される前に、すでにね」

「どういうことだ」

「教えてくれたのよ、ある人が。栃本物産の倒産は計画的に行われた取り込み詐欺で、石垣を含めたプロの詐欺師たちが行ったものだって」

「いったい、誰が……」

「そして、その計画を作り上げた大物が背後にいるってこともね」

「まさか……」

〝わしよりも面白い話を聞かせてくれるぞ〟オヤジの言葉が黒崎の頭によみがえる。

この女も、さくらも、あんたが生み出した詐欺の被害者……シロサギについばまれて血まみれになった雛《ひな》だっていうのか。

黒崎は逃れようのない宿命を呪《のろ》った。


「神志名《かしな》警部補、ちょっといいかな。この男、知ってるか？」

上野東《うえのひがし》警察署。ベテラン刑事が、一枚の写真を持って神志名の元を訪れた。

「高頭礼二。シロサギでしょ、昨日遺体で発見された」

「そうだ、一部では鷹尾と名乗っていたようだがな」

「このシロサギがどうかしたんですか？」

エリートキャリアでありながら、現場にこだわり、自分の出自にも関わった詐欺を憎み追い続ける神志名の元には、署内他部署の刑事たちが詐欺がらみの話をよく聞きに来る。神志名もそれには慣れている。

「他殺ってコトで、捜査一課の俺たちが担当してるんだが、被害者自身が犯罪に荷担していることが分かってな。詐欺がらみだと言うから、それならやっぱり君に聞くのが一番だろうと思って。なにしろ、詐欺事件といえば神志名というのは、今じゃ警視庁の常識になってるからな」

「それは光栄ですね。ただ、残念ながらこの男、高頭に関しては一課の方と変わらないと思いますよ。何しろ、知った時にはすでに西向いてましたからね」

「そうかあ、そりゃ残念だなあ」

「容疑者のほうはどうなんです？　何か情報があるんですか」

「荒っぽいし、海に投げ込んでるところから暴力団じゃないか、とは思ってるんだ。いちおう組対のほうにも投げてある。ただな、詐欺師となると暴力団との接点が不明だし、もしかしたら仲間割れかなと思ってね。どっちにしてもこいつがどこで、どんなシゴトをしてたのか、仲間はいたのか、そのあたりも皆目見当がつかないからな」

「そいつ鷹尾って名乗ってたんですよね。だったらそっちの名前なら何かあるかもしれませんよ」

「神志名」

奥から桃山《ももやま》刑事が声をかけてきた。知能犯担当のベテランで、暴走しがちな神志名をカバーしてくれている。経歴からいえばいずれは神志名の遥《はる》か下の階級になってしまうのだろうが、経験と智恵は神志名も尊敬している。

「去年の秋に出された被害届に、鷹尾の名前が出てるぞ」

「本当ですか？」

一課の刑事も興味深そうにしている。

「届けを出したのは御徒町《おかちまち》の貿易会社社長だ。印鑑をプレゼントされて、それを実印登録したところ、覚えのない契約書が次々に出てきたっていう、贈答詐欺の被害だ。プレゼントしてきた男が鷹尾と名乗っていたらしい」

「ほお……この被害届によると鷹尾には上司がいるようですね。名前は、石垣徹、か」

「鷹尾に関してはそれ以外の資料はなかった。石垣のほうは五十年配らしい」

「五十年配の詐欺師ですか……だったら他にも資料があるかもしれませんね」

神志名は猟犬の目つきになると資料室へ向って行った。

「なあ、神志名。殺されたシロサギを調べるのもいいが、他にも仕事は山積みなんだ。コロシは一課に任せておけばいいじゃないか。それとも義理でもあるのか、一課に」

資料室で熱心に調べ物をしている神志名に桃山が声をかける。

「まさか。義理はかませてもかむなってのが俺の生き方ですからね。単に、個人的な興味ですよ。あくまでも、今のところは」

桃山は神志名の心の内が手に取るように分かった。また、あいつを追うつもりなんだろう、あの黒崎という男を。

「お、これは」

神志名が声をあげた。

「何か出てきたのか」

「石垣徹では何も出てきませんけど、石垣徹夫《てつお》で三件出てきましたよ。全部詐欺がらみ、年齢もほぼ合ってますね。間違いなくこいつが石垣徹でしょう。変名としてはずいぶんと横着ですね。それだけ自信があるのか、名前に愛着があるのか」

「なんの事件で調べを受けてるんだ？」

「これは……栃本物産による計画倒産、ですか。計画倒産ってつまりは債権踏み倒しのために意図的に倒産させるってやつですよね。形としては取り込み詐欺にも似てますね」

「まあ、そうだな。ただし、モノが栃本物産ってことになると、ことはそう簡単じゃないし、話はかなり複雑になってくる」

桃山が何を言おうとしているのか神志名には分からないようだ。

「今から十二年前。あれはちょうどオレが知能犯係に配属になったばかりのことだ。よく話題になっていたから覚えてるんだよ」

桃山はしわの寄った背広のポケットから、ひしゃげたたばこの箱を取り出すと、一本抜き出して火をつけた。うまそうに大きく吸い込み、ゆっくりと吐き出す。神志名もつられるように自分のたばこに火をつけ椅子に腰掛けた。

「なあ、神志名。おまえ、日本経済のシステムに傷をつけるような大がかりな詐欺があるってこと、信じられるか？」

「たかが詐欺にそんなことができるわけないでしょ」

「だがな、実際にあったんだよ。単なる計画倒産とは規模が違う。すさまじい数の企業を巻き込んだ連鎖倒産が起きたんだ。あの不況から立ち直ろうとしていた日本でな」

「いったい、どういうことですか」

「企業っていうのは一社で成り立つわけじゃないよな。取引をして成立するものだ。体力の弱った企業が、小さな企業と多くの取引をしていたとする。その企業が倒産したらどうなる。関わっていた中小企業は軒並み倒産してしまう。そしてそれら中小と付き合っていたところもまた同じ憂き目にあう。まさにドミノ倒しだよ」

桃山は半分ほどになったタバコをもみ消した。

「新聞でもさんざん報道されていたから、連鎖倒産ぐらいは知ってるだろ」

「そりゃ知識としては知ってますよ。毎月倒産が起きていたこともね。けどだからって桃山さんの言うのは大仰すぎる」

「いや、それは普通の倒産の話だ。俺が言いたいのは、十二年前に起きた栃本物産の倒産事件だ。連鎖倒産百社以上、数千人あるいは万に近い人間が路頭に迷うことになった。恐ろしいことに、似たような連鎖倒産が同時期に頻発したんだよ。まるで誰かが計画したかのようにな。俺たちも動いた。だがどうしても立件することはできなかった。普通の倒産との違いを摑めなかったんだよ」

「計画、詐欺の設計図ですか……」

「よほど切れるやつが仕掛けたんだろうな。なんとなく黒幕の姿は見えるような気もするよ」

神志名は諦めたとも未練のあるともつかない口調の桃山を挑戦的な目で睨み付けながら椅子から立ち上がった。

「冗談じゃない。たかがシロサギが日本経済復興を妨害したっていうんですか？　立ち直りを遅らせたとでも？　相手は詐欺師ですよ。奴らにそんなことができるわけがない」

「いや、あれは確かに……」

「俺は信じませんよ。信じてたまるもんか」

第四章　クロサギ（倒産詐欺2）

「さくらみちのママ、あんたの言った通り、とっても面白くて興味深い話を聞かせてくれたよ。計画倒産だっけ？　ずいぶんとスケールのでかい話が出てきたもんだ。贈答詐欺なんてかわいいもんだね、ほんと」

「楽しめたのならよかったじゃないか」

桂木は背中を向けたまま、どんな表情なのか推し量ることもできない。

「おやじさあ、石垣が計画倒産で登場する整理屋だって知ってたんだろ？　なんで情報売るときにそれを教えないんだよ。教えられない深い訳でもあるのかな」

あのママの口調から考えても、桂木が計画倒産事件に絡んでいることは間違いない。

だが、不思議なのはなぜあのママに俺を会わせたか、だ。会えば、自分との関連を俺が疑う、それが分からないはずはない。だとしたら、わざと俺に自分を追わせるつもりなのか。いったいこの男は何を考えているのか、黒崎は混乱気味だ。

「彼女、元気そうだったぜ。さくらさん」

桂木がほんの少し顔を動かした。

「いや、気になってるんじゃないかなって思ってさ」

「なんの話をしてるんだ、おまえ」

鎌《かま》をかけたつもりだったが、とりつく島もない。

「ま、それはそれとして。石垣の居所は分かったのかい。相手がどこにいるか分からないんじゃ、リベンジもできないからね。あんたのことだから、そろそろ突き止めたんじゃないかって思ったんだけど、どう？」

「分かったら連絡する。いつもそうだろう」

「了解。おじゃましました。携帯が鳴るのを楽しみにしてるよ」

くそおやじ。俺に何をさせたいんだ。

粘っても無駄なことを知っている黒崎は桂を後にした。自分でやれるだけのことをやってみるつもりだ。石垣を喰わせるつもりなら最初から情報を出してくるはずだ。中途半端なネタで俺を動かしたところで相手に警戒されるのがオチだろう。まして、今回のように殺人がからんできたら、石垣は亀《かめ》のように首を引っ込めてしまうかもしれない。

いや、あのおやじのことだ、それを承知の上で俺を動かしたのかもしれない。とすると、おやじの狙いは石垣ではない？　他にも誰かいるのか？

黒崎の考えは堂々巡りをしていくばかりだった。

携帯が鳴る。見知らぬ番号からの着信だ。

「黒崎さん、私。さくらです」

どうせ、今は動きようがない。石垣の情報を持っている女からの接触は歓迎すべきなのだろう。言われるまま、黒崎は呼び出されたカフェへと向かった。

呼び出しておきながら、さくらは遅れてやってきた。女という生き物は、男を待たせることで自分の価値を再確認させる癖があるようだ。どれだけ自分を待てるか、それが相手にとっての自分の価値。いつもそうやって相対的な価値ばかり求めている。もっとも、さくらにとって黒崎はそういう対象ではないはずだが。

「お待たせ」

「なんの話だ」

「あら、挨拶ぐらいしてくれてもいいんじゃないの」

「世間話をするような関係か。俺とあんたは」

「……いいわ。あなたがね、石垣の話を聞いた時に、彼が整理屋だってことに妙に反応してたから、役に立つ話かなって思ったのよ。あの倒産の時に会った整理屋って石垣だけじゃないの。他にもいたのよ」

「他にも？」

そいつが、おやじのターゲットなのだろうか。石垣をとっかかりにして、おやじは俺にそいつを喰わせたいのか。

「栃本物産の倒産で父の会社も倒産したことまでは話したわよね。結局、石垣が仕切ったことで栃本物産の動産・不動産、一切は石垣のものになったわ。私の父をはじめとした一般債権者のところには、一円だって配当はなかったわ」

「それが整理屋だからな、それで？」

「せかすわね。父は、すっかり働く意欲を失ってしまったわ。会社を失ったこともそうだけど、人を信じたことの代償、それがあまりにも大きかったってことね。私と母が働くしかなかった。でも、それじゃ借金返済の足しにもなりはしない」

「借金返済って会社の債務は個人には関係ないだろう？」

「ばかね。行き詰まった会社の社長や家族が無傷なはずないでしょ。借りられるところからめいっぱい借りてるのよ」

「サラ金、街金のたぐいか」

「個人の借金だけでも、いやになるほどあったのよ」

「それで水商売を……」

さくらは、思い出す目になっていた。

「私が石垣に二度目に会ったのは、その頃のこと。今度は父の会社の債権者会議で、ね」

思い出したくもない光景がさくらの脳裏に蘇っていく。

街の零細企業の債権者会議は、会議とは名ばかりの糾弾になることがほとんどだ。狭い一室でひたすら謝る経営者、なんとかしてくれとむしゃぶりつく債権者たち。どちらも、悪人ではない。経済の歯車に押しつぶされてしまった被害者同士なのだ。

「元事務所を片付けたところに人がひしめきあった。債権者といっても、みんな小さな工場のようなところばかりよ。明日にもつぶれてしまうかもしれない。みんな目がつり上がっていた。涙も流していたわ」

「その中にやつも、石垣もいたわけか」

「ええ、でも、前とは全然違ってた。栃本のときは周りをなだめて自分がまとめ役になっていたけど、今回はまるで逆。債務者となった父を罵《ののし》り続けたわ。能力もないくせにいっちょまえに会社なんか作るから、みんなに迷惑をかけるんだ。貴様のせいでこれだけの人が苦しんでいる。頭の下げ方も知らんのかって。父は泣きながら土下座したわ。自分の体が金になるなら切り刻んで売ってくれって」

さくらの目が潤んでいる。

「そんな父を、あいつはちんぴら連中と一緒に指さして笑ってたわ。おっさんの体がいくらになると思うんだ。臓器なんてのはな、相性があるから誰のでもいいってわけじゃないんだよ。まして、あんたみたいにくたびれたおっさんじゃ、臓器だって傷《いた》んでるだろうしな。人間の言葉とは思えない台詞が繰り返されたわ。あげくの果てに、父の横で一緒に頭を下げている私にも言ったわ。まだ、こっちの娘のほうが金になるよ。なあ、姉ちゃん。お風呂に入って楽しく過ごして稼いだらどうだ」

怒りが蘇ったのか、さくらの目は乾ききっていた。今さら、こんな思い出で泣くような柔《やわ》な女ではない。

「そのときだったわ。一人の男が入ってきたの」

すいません、申し訳ありませんと涙ながらに謝り続ける父、その横で屈辱と恐怖に震えるさくら。だが、怒鳴り笑っていた男たちの声がぴたりと止まった。

何事かとさくらが顔を上げると、そこには凍り付いた表情の石垣たちがいた。男の視線は彼らを石に変えてしまった。

「よろしければ」

男は低い声で話し始めた。

「私が債権者代表として話をまとめたいと思うのだが、いかがだろうか。もちろん、みなさんの同意が得られないのなら、しゃしゃり出るつもりはない。だが、このままでは埒《らち》があかないでしょう。私が信用できないとおっしゃるなら、みなさんの債権分をいまここで私が買い取る形でもいい。もちろん額面通りとはいかないが一割、あるいは二割程度までなら相談に乗る。配当を待ちたいというかたなら、私名義の借用書を作ってもいい」

そこまで話すと男は、石垣の正面へと移動した。

「もちろん、当然のことながら、あなたがたにも」

石垣たちは、震えるように頷くだけだった。

「でもね、黒崎さん。私はその男だって信用しなかった。またお芝居が始まった、そう思っただけよ。栃本の時と同じで、石垣のようにうちを処分するんだろうって」

「でも、違ってた？」

「彼は……真っ当に債務を処理してくれたわ。焦げ付いていた売り掛け、父も忘れていた納品予定、あらゆる手段を使ってお金を作っていった。バカみたいなんだけど、不渡りを出してからは、そんなことも忘れていたのね、父も私も。債権者全員にきちんと配当していってくれた。もちろん、全額なんて無理。でも、何割かでも戻ったことで、最悪の事態だけは避けられたわ。つまり、うちのせいで他の会社が倒産するようなことだけはなかったの」

「その整理屋の名前は！」

黒崎は思わず中腰になっていた。

「頼む、そいつの名前を教えてくれ。そいつが、もしかすると、俺が……」

本当に喰うべき相手かもしれない。

「そのときの名前は……杜木さん」

「もりき？」

「木へんに土。あまり聞いたことのない名前よね。よく似た名字ならあるんだけど。たとえば、右側にもうひとつ土がある」

「もうひとつ？」

「桂っていう字」

おやじ……？　どうしてここで桂木が出てくるんだ。俺はおやじの過去をなぞらされているのか？

「私がスナックで働いていると言ったら、杜木さんは何度かお客として来てくれたわ」

カフェを出て歩く道すがらもさくらの話は続いている。

「父が癌《がん》で死んだ時にも、一緒に会社を整理しながら私を励ましてくれたわ。一銭の得にもならないのに、彼はよくしてくれた」

「物好きなやつだな」

「そうね。でも、私は彼が好きになったわ」

「付き合ってたのか？」

「どうかしら。時々食事に行って、ベッドをともにするのが、付き合うってことなら、その通りね」

桂木がこの女と付き合っていた……いったい何がどうなっているんだ。

「でも、あなたが言っているのが恋愛という意味なら違うと思うわ。私は彼を愛していたし、彼の心が自分のものになると思っていた。けれど、杜木さんはそういう人じゃなかったのよ。彼の心の中には誰も入っていけないのよ。私でも、私じゃなくても」

「心の中、か。俺もそんなところに誰かに入ってほしくはないな」

「寂しい人ね、君も。心を閉ざしていたら、いつまでたっても安らぎも幸せも得られないわよ」

「……そういうものが欲しい人ばかりじゃない」

「彼もそうだったわ。その頃、彼が気にとめていたのはひとつだけ。私に言ったことがあるわ。俺を裏切った人間の後始末をしただけだって。だから父の会社の整理をしたのも自分のためにやったことだって。彼の命令を無視して暴走した人間、それを止めるためにやったことだって。だから私が感謝しても、そんな必要はないんだよと言っていた」

「どういうことなんだ、裏切り者の暴走を止めるためって」

「その時はなんのことか分からなかった。彼のことを愛していたし、私に負担をかけないために言ってると思ったの。ベッドの上で聞いたのもあったし。本当の意味が分かったのは、彼が私の前から消えてからのこと」

「消えたのか、その……杜木は」

「ええ。連絡が取れなくなってね。バカみたい。その時に気づいたんだけど、私が知っているのって彼の携帯番号だけ。あの無骨に大きな携帯電話の、ね。住所も知らなかった……ううん、そうじゃなかった。ホテル住まいだったのよ、彼。だからホテルを引き払ってしまったら、もうどうにもならなかった」

「本当の意味っていったいなんだったんだ」

「勤めていたスナックに彼が時々来たって言ったでしょ。私に会いに来てる、そう思ってたけど、そうじゃなかったの。そこのママが彼に借金を肩代わりしてもらってて、お店を事務所代わりにしてたのよ。私がスナックを辞めてクラブに移るときにママが教えてくれたの。あの連鎖倒産、計画倒産の最初の仕掛人はあの男、杜木だって。その仕掛けが何者かの暴走で拡大しすぎてしまったために、その後始末をする必要があったのね。

父の会社に彼が現れたのは、そのためだったのよ。たまたまあの時に止められるのが、父の会社だったというだけのこと」

どう？　私の話は。そんな表情でさくらは黒崎を見つめた。

「おかしいでしょ。私、自分たちを倒産に追い込んでいったその元凶を愛していたのよ。この世のすべてだと思いこんで」

「どうして……」

黒崎はつばを飲み込んだ。喉がひりついている。

「どうして、その杜木という男の話が俺の役に立つと思ったんだ。そんな男……俺は……」

さくらはすっと黒崎に近寄ると、両肩を摑んだ。大人の女の香りがする。

「わかっているでしょ、あなたも。彼は恐ろしい人よ。たとえどんなに心を躍らされていたとしても、決して、決して彼を信じてはだめ。彼の心には……誰もいないのよ」

黒崎は肩からさくらの手を外した。

「ご心配なく。おれも、誰も信じていないからな」

「そう。なら安心だわ」

「その……杜木という男のこと、あんたはどう思ってるんだ？」

「そうね。半分は感謝かな。水商売で生きていこうという踏ん切りもあの時についたし。彼の愛人でもいいと思っていた。結婚なんてあり得ないことぐらい、さすがに分かってたしね。私の人生は最初の予定からは大きく曲がってしまったけど、そこでも負けるのはいやだったから、必死に働いた。おかげで今の私があるんだからね。でも、それって結局は整理屋たちに人生を歪められたことに従っているだけなのかもしれない」

　さくらは黒崎をじっと見つめる。

「だから、半分は憎しみね」

「それが普通の感情だろう」

「でも、あなたは違うと思うの。他人にねじ曲げられた人生を受け入れず、自分で生きる道を見つけたんでしょ。詐欺師に騙されて流されたわけじゃない。詐欺師を喰う詐欺師になった。それは、あなたが選んだ道」

「なんの話だか俺にはさっぱり……」

「黙って聞いて。だからあなたなら、栃本物産から連鎖倒産を暴走させた石垣たちを潰せるかもしれない。そのためには、どうしても杜木さんと関わることになるわ。そのために、彼のことを話しておきたかったの」

　すべてを話し終えてほっとしたのか、さくらは優しい表情になった。まるで弟を心配する姉のような眼差《まなざ》し。

「でも、気をつけてね。彼に」

　そう言い残すとさくらはきびすを返して去っていった。

　桂木が計画倒産の主役……。そいつを裏切ったのが石垣。その後始末を俺にさせようとしている。やっとパズルがつながってきた。

黒崎はこんがらがっていた糸がようやくほどけてきたことに安堵《あんど》していた。後は、桂木から必要な情報を仕入れればいい。有無は言わせない。


「早瀬。今日はもういいぞ」

「この雨の中、誰か来るんですか」

「豪雨の日にわしのところに来るのは、これで二度目になるやつだ」

早瀬は黙って頷き奥の部屋へと消えていった。

ドアが開いた。

ぐっしょりと濡れそぼった黒崎が入ってくる。手にはトランクが提げられている。何も言わずカウンターにトランクを置くと、蓋を開ける。中には札束がぎっしり詰まっている。軽く一億はあるだろう。

「次の仕事の情報料だ。前払いで好きなだけ取れ」

「次の仕事、だと？」

「あんたに紹介された女からは十分過ぎるほど話を聞いた。今度はあんたから聞く番だ」

「次の仕事……」

「しつこいな！　贈答詐欺師の石垣じゃなくて、倒産詐欺の石垣を喰う仕事だよ。いい加減にすっとぼけるのはやめろ！　答えろ！　石垣はどこにいるんだ！」

桂木は表情ひとつ変えず、そして、黒崎の質問が分かりきったかのように、メモ用紙を差し出した。

「マリンブルーコンサルタント？　ここにいるのか、やつは」

「雨、凄いな」

「凄いよ。あの時と同じくらいにな」

「マリンブルーは石垣が詐欺とは関係なく経営している会社だ。そこもある暴力団のフロント企業になっている」

「またフロント、かよ。てことは鷹尾が顔を出していたところと関係があるのか」

「石垣が付き合っている暴力団は組織の枝のひとつだ」

「枝？」

「鷹尾がマネーカードを持ち込んだのは、本家筋になる。石垣は利口だから、本家筋にはつかず離れずだった。深く関わっているのは、それほど力のない、末端組織にしている。鷹尾はそれを知らずに、本家筋に偽物のカードを持ち込んだ」

黒崎の顔が歪む。

「だから、やつは殺された。それだけのことだ」

「いつも……いつも、あんたはこうだ」

背中を向けて棚を見つめている桂木の背中に黒崎は話し続ける。

「すべて分かっているくせに、出し惜しみばかりだ。高いところから下を眺めているつもりなのか。結果の分かっているゲームを俺にやらせて、詰まるのが楽しいのか。あんたから見れば俺も、あのさくらっていう女も、あんたの人生にちょっとだけ関わって消えていく存在なんだろう。自分の思い通りに人間が動いていく。狙い通りに転んで、狙い通りにけがをして、狙い通りに自分に近寄ってくる。楽しいのか、それが？」

どっしりとした桂木の背中は黒崎の言葉をすべて撥《は》ね返してしまうような威圧感に満ちている。

「なあ、教えてくれよ、おやじ。生殺与奪の権利を握って、小さくて弱い人間がのたうち回る姿を眺めているのは、そんなに楽しいのか。そんなに気分がいいのか？」

桂木は答えない。振り向こうともしない。

黒崎はたまりかね、カウンターに身を乗り出すと桂木の肩に手をかける。

「たまには、俺の目を見てしゃべったらどうだ！」

少しだけ桂木の顔が黒崎の側に向いた。その目は洞窟《どうくつ》のような、底なし沼のような闇の光に満ちている。振り向かせた黒崎が後悔したくなるほどの深さがそこにあった。

奥の部屋から早瀬が出てくる。

「引っ込んでろ、早瀬。これは、俺とおやじの問題だ」

「違う。おまえ一人の問題だ」

早瀬は黒崎の背後に立っている。これ以上何かをすればいつでも黒崎の動きを止めることのできる位置に。

黒崎は桂木の肩からゆっくりと手を離す。桂木も早瀬も、仲間じゃない。黒崎は再確認した。分かっていながら、つい慣れが出てしまっていた。

トランクをテーブルに置いたまま、黒崎は店の出口へと向かう。

「黒崎、鷹尾が殺されたのはアクシデントだ。やつの愚かさが自分を殺したのだ。おまえのカードはその引き金に過ぎん」

「そんなこと、もうどうでもいいんだよ、桂木さん」

ドアの向こうからはまだ降り続く雨の音が聞こえてくる。

「桂木さん、マリンブルーまで教えてしまうと、黒崎は本当に綿貫までたどり着くかもしれませんよ」

「そう思うか、早瀬」

「あの小僧だけは、予測がつきません」

「わしにも、か」

「いや……それは。そんなことはないと思いますが。……！　では、綿貫を黒崎に？」

「雨、やまんな。早瀬、車回してくれ。濡れたらかなわんからな」

早瀬は急いで店の外に出て行く。

「黒崎が綿貫を喰う……か。川が逆流でもすれば別だがなあ」

早瀬が戻ってきた。

「車、回してきました」

「あれ、なんていった？」

「はあ？」

「川が逆流するやつ」

「……ポロロッカですか？」

「ああ、そうか。ポロロッカですか。ポロロッカな、ポロロッカ。ならば起こりえるということか」

「何がですか？」

「いや、いいんだ。どうせ、最後はわしが始末をつけることになるんだからな。行こう」

二人は店を後にしていった。


「神志名、例の詐欺師のことまだ調べてるのか」

「桃山さん、何か分かったんですか？」

「いや、直接どうこうというんじゃないんだが、石垣を取り調べた時にな、名前が出てきたやつがいるんだ。こいつなんだが」

桃山は一枚の写真を手渡した。石垣同様、若い頃の写真のようだが、間違いなくそれは綿貫だった。

「綿貫裕二郎《ゆうじろう》、管轄内では大物の一人だった。なかなか尻尾《しっぽ》を出さないでな。暴力団との付き合いも噂《うわさ》される黒いやつだったよ。石垣を引っ張って、次はこいつだって当時は色めき立ったようだ」

「綿貫……そいつの資料はないんですか？」

「ほとんど、ないな」

「東京で大物としてやっていたのなら……つながりがあってもおかしくないですよね」

「ん？　なんの話だ」

「桂木ですよ。桂木敏夫《としお》」

桃山は黙り込んだ。

「あるんですね、関係が」

「確証は何もない。ただ、綿貫は桂木の設計図を元に詐欺を働いていたと言われている。それもかなり長いことだ。桂木の右腕ではないかと言われたこともあるよ」

「やはり。桂木が関わっているんですね、だったらあの小僧が出てきてもおかしくない」

「黒崎、か。確かにあるかもしれんな。なにしろ、綿貫は十二年前に桂木と縁を切ったそうだからな」

「縁を切った？」

「追放されたという話もある。二人の間に何があったのか、そこが鍵だな」

「追いますよ、俺は。たとえ上がなんと言おうとね」

「仕方がないな。管轄内から被害届けも出てることだし。別に有効期限があるわけじゃないからな」

桂木、綿貫……そして黒崎。神志名の中でもパズルが埋まっていく。

アパートの部屋で黒崎は、石垣を喰うための絵図を考えていた。意地でも喰わなければクロサギとしてやっていくことはできない。贈答詐欺師としての石垣も喰い損ねた上に、人が一人死んだ。しかも石垣の正体は巨大倒産詐欺の一員。桂木がどう考えていようとも、これは正しく黒崎の仕事なのだ。

「問題は、俺が石垣に会ってるってことだな。マリンブルーに乗り込むとして、必ずしも石垣に会う訳じゃないが……いや、会うと思っておいたほうがいいな。しょせん真っ当な会社じゃないんだ。石垣の財布なわけだから、やつは目配りしているはずだ。その財布から金を出してもらうには、やはり直接はめるしかない。どうする……」

ずらりと下げられたスーツ、あの軽薄なＩＴ社長とはまったく違う地味なやつもちゃんとある。太いセルフレームでがらりと目を変えてしまうメガネも用意できている。だが、どう変えたところで雰囲気は残る。

「映画の特殊メイクでも使いたいね、ほんと。人間の雰囲気を変えるには、相手を驚かすのが一番なんだよな。特徴のない人間になるのは難しいけど、目立つ特徴を持つ人間になるのは意外と簡単なんだね、これが」

黒崎、意を決して上半身裸になって洗面所へと向かう。

「ただ、問題は、俺がやりたくないってことなんだよな。やだやだ」

呟きながら、右手に持ったはさみで髪を切り始める。みるみるうちに髪は短くなっていく。素人の腕前だからさほど整っているわけではないが、逆にそれが今時の若者風に見える。むしろ、いつもの黒崎の中途半端な長さのほうが、古くさい。

「お、意外といけてる……わけねえよ。ま、でも大分変わったな。あとは、こいつか。はあ、仕事じゃなかったら絶対しないよ」

しかめっ面になった黒崎、ヘアカラーと書かれたボトルから薬剤を絞り出しブラシに塗っていく。大きく息を吸うと、一気に髪に塗る。

「あた。しみるなあ、これ。ええと、五分でこの色、十分でこれ……おいおい、三十分で金髪？　あちゃあ、気をつけないとな」

二十分ほどが経った。地味な濃紺のスーツにレジメンタルのネクタイ、紺の太いセルフレームのメガネ、それとはアンバランスな、今となってはかなり目立つ茶髪。

「ま、こんなもんかな。はじめまして、ＰＣキングスの黒川《くろかわ》です。ん、もちょっとおどしたほうがいいかな」

鏡の前で繰り返す黒崎。その姿はこれまでのいつよりもいきいきとして見える。

準備は整った。後は仕掛けに入るだけ。黒崎はアタッシュケースを手に、部屋を出る。

「出発前の最終チェックはやっぱり人間でやっとくか」

氷柱の部屋の前に立った黒崎はノックしようとする。

「あの、何かご用ですか？」

ちょうど外出先から戻ってきた氷柱、見かけない茶髪の男の姿に不審そうに声をかけてくる。ネクタイをきちんとしめ、アタッシュケースを提げていることからセールスマンとでも思ったのだろうか。

「うち、何も買いませんよ」

黒崎は黙って見つめている。

「帰ってください。帰らないと……不退去罪で訴えますよ」

「買いません、じゃないだろ。買えませんだろ」

「え？　……ええ？　黒崎……」

「さん、が抜けてる」

「どうしたの。何よその頭。今時茶髪って、どういう趣味。だいたい目立つじゃない」

「気づくまで三十秒。まあ、おまえのとろくささを引けば実際にはもう少し短いのかな。ま、俺をよく知っている人間でもすぐには分からないわけか。とりあえず行ってみますかね」

「な、なに？」

「吉川さん」

「は……」

「今月も家賃遅れないようによろしくお願いしますね」

「分かってます！」

あはは、と笑いながら黒崎は錆《さび》の浮いた外階段を降りていった。

「まったく。あいつ、あんな格好して、どうせ悪いことするに決まってるんだから……仕方ないか、詐欺師だもんね」

寂しそうな表情になって氷柱は部屋に入っていった。

「ここか。なかなか立派なビルだこと」

黒崎はマリンブルーコンサルタントの入っているビルの前に立っていた。

「名前だけじゃ何やってる会社だかさっぱりだな。下調べに時間かかっちまったよ。お題目は立派なんだよなあ、詐欺会社の特徴だけどな」

黒崎は復習するように、内ポケットからメモを取り出す。

「企業の効率的なＩＴ化とソーシャルイノベーションによる新時代の企業戦略をコンサルタントする、か。横文字の多い日本語ってのは気持ち悪いね。中身のないのを借り物の言葉で飾ってるって感じ……まあ、詐欺会社にはピッタリだけどさ」

黒崎は大きく深呼吸すると、ビルの中に入っていった。

石垣のやっている会社。しかもフロント企業。となれば、石垣のやることはただひとつ。この会社を計画倒産させて、儲けようというわけだ。

マリンブルーコンサルタントを調べている時に、黒崎は不渡り情報を売っている男から話を聞いていた。

「石垣……ねえ。こいつはとんでもないやつだよ。まあ、詐欺師なんてみんなそうだけどさ。あ、ごめんね。実はさ、こいつ今までにいくつも会社潰してるんだよね。ほら、これ見てよ、このリスト。俺がまとめたんだけど、だいたい一年ぐらいで倒産してるでしょ。代表者の名前は……石垣徹。プロの倒産屋、倒産詐欺師だね。けどさあ、銀行も悪いんだよ。不渡り二回出して取引停止のくせにさ、二年も経てばまた同じやつに当座開くんだから。当座ってのは企業の信用じゃない。銀行が保証してやってるようなもんだからね。それを背景に、こういうワルが手形を切りまくって、会社をたたむわけさ」

最初から石垣をもっと調べておくべきだったと、話を聞いた黒崎は唇を噛んだ。そうすれば、くだらない贈答詐欺師だなんて思わなかったはずだ。おやじからもらう情報に頼る、その癖がつきすぎた。

「石垣はマリンブルーコンサルタントも必ず潰すはずだ。となれば、取引先はいくらでも欲しいはず。そこが付け目だな。さて、行きますか」

黒崎はエレベーターを降りると、受付へと向かった。制服姿の女性が二人坐っているがおそらく社員ではなく派遣だろう。

「失礼します。私、ＯＡ機器販売のＰＣキングスから参りました黒川と申します」

「黒川、様ですね。お約束ですか」

「いえ、そういうわけじゃないんですけど」

「申し訳ありませんが、アポイントメントのない方は」

「いや、そこをなんとかお願いします。仕入れ担当の方に会わせてくださいよ。実は、僕成績が悪くて、このまま帰ったらまた課長に怒られちゃうんです」

「そうおっしゃられても、規則がありますから……」

「お願い、します。あ、そうだ。もし紹介してくれたら、これお二人に差し上げますよ」

黒崎は用意してきた封筒を差し出す。

「なんですか？」

中身を取り出して見せる。

「え、これって、ホテルヴィットリヲトーキョーの宿泊ディナー券！　しかもスイートルームにエステフルコース……すごい！」

「知人からもらったんですけど、レディースプランって書いてあるでしょ。僕じゃ使い途もないし。よかったらお二人で使ってくださいよ」

受付嬢はチケットを手に顔を見合わせている。

「その代わり、お願いしますよ。アポがあったってことで取り次いでくださいよ」

両手を合わせてぺこりと頭を下げる黒崎。営業のうまくない新人のサラリーマンを上手に演じている。

「……どうしよっかあ、せっかくだしねえ」

ふたりはこそこそと話している。

正社員ならば通じない手かもしれない。だが、受付嬢というのは今やほとんどが派遣社員。意識は出稼ぎと同じ。会社に愛着があるわけではない。決められた時間に、決められた場所にいることで給料をもらうだけ。しかも、社内ではいつまでたっても「派遣だろ」と低く扱われる。余禄《よろく》に気持ちが傾くことは織り込み済みなのだ。

「じゃ、なんとかしてみますね」

「ありがとうございます」

黒崎は深々と頭を下げる。その顔は満面の笑みだ。

「こちらでお待ちになってください」

部屋の隅にある打ち合わせスペースに黒崎は腰掛けた。そのすぐ横の部屋では、石垣が誰かと話をしている。もちろん、声が聞こえるわけではない、黒崎も知らない。

「警察の動きはどうなってるんです？　鷹尾のことは警察が殺しの線で動いているっていうじゃないですか？」

「当たり前だ。あんな見え見えの殺され方じゃな。もっとも、わざとああしたんだろ。分からないようにするなら、海から水を汲《く》んできて、そこで殺すさ。警告するために、ああやったんだろ。だいたい本家筋の人間にあんなインチキカードを売るってことはだな、殺してくださいって頼んでるようなもんだぞ。そんな人間を部下に使うとは、おまえの頭の中身を覗《のぞ》いてみたいよ」

「綿貫さん……そこまで言わなくても」

石垣の前にどっしりと腰掛けているのは、綿貫その人だ。すっかりと白髪頭になっているが、酷薄な目付きは相変わらずで、かつて桂木の右腕と呼ばれたこともある切れ者ぶりが全身から匂い立つようだ。

「いいか、おまえの責任だぞ、石垣。くだらない詐欺などにひっかかりおって。おまえはな、整理屋としてはまあ、一流半くらいのところだ。それも俺がいればのことだ。詐欺師としては三流以下だ。贈答詐欺なんぞというくだらない仕事に手を染めて小遣い稼ぎを考えるとはな。おまえは俺の言うとおりにだまって倒産詐欺をやってればいいんだ。俺の設計図通りにな」

綿貫は高飛車に言い放った。

だが、石垣の心の中は不満が渦巻いている。何を言っている。その設計図を作ったのは別人じゃないか。あんたは、それをコピーして使ってるだけじゃないか、と。

「で、ここはどうなんだ、マリンブルーは」

「今は取引先が十社ほどです。だいたい一千万単位の取引になってます。最新のパソコンや事務備品関係ですね。まあ、このまま順調に行けばかなりでかい仕事になると思いますよ」

「そろそろ切り替えの時期か、手形への」

「はい。三ヵ月後には畳む予定ですから。そうだ綿貫さん、次の会社の名前なんですが」

「そんなものはおまえが決めればいい。フロア移動の準備は大丈夫なのか」

「もちろん。ここの上に移るだけですから」

「ビル丸ごとで仕掛けてるとは誰も思わんだろうな」

「まったくです」

二人は静かに笑った。

「じゃあ、後は頼むぞ。俺はちょっと別件があるからな」

綿貫が部屋を出ていく。石垣も後に続いて見送りに出てきた。

二人が通り過ぎた横、そこに黒崎は坐っている。黒崎の前には社員らしき男がいる。

黒崎は熱心に営業のまねごとをしている。

「どうですか、うちはかなり金額的にも勉強してます」

「黒川さんでしたよね。うちはねえ、そういう飛び込みの営業はお断りしてるんですよ。もう業者さんはみんな決まってますから。どちらも半年以上のお付き合いですし」

半年。ということはそろそろ手形に切り替えて逃げる算段を始めているわけか。黒崎はギリギリセーフと両手を広げたかった。

「値段を見てくださいよ。よそと比べていただければ分かります。絶対に安いんですよ」

「デジタルカラーコピーかあ。たしかに安いことは安いけどなあ。うちは、この手の商品は必要としてないし」

そこに綿貫を見送って戻ってきた石垣が通りかかった。黒崎は顔を伏せる。

「岸田《きしだ》君。お客様かね？」

「あ、社長。いえ、業者の方なんですけど、飛び込みでいらっしゃったもので……」

「ほお、なかなか熱心ですなあ。見知らぬところに入っていくのは大変でしょう。ちょっとカタログを拝見させてもらいましょうか」

いきなりの対決。黒崎に緊張が走る。だが、ここを切り抜けなければ、仕掛けに入ることもできない。

「すみません。実は受付の方に無理を言って入れてもらったんですよ」

はにかんだような表情で石垣に挨拶する。

「申し遅れました、私PCキングス営業部の黒川と申し」

アタッシュケースが開いてカタログがこぼれ落ちる。

「あ、すいません、すいません」

バタバタとあわてる黒崎。石垣は苦笑している。

「まあまあ、落ち着いてください。岸田君、ここは私がお話しするから、いいよ」

「え？　社長が……はい、分かりました」

黒崎の撒き餌はいきなりのヒット。大物を呼び込んだ。

「デジタルカラーコピー機ですか」

「ええ、業界では一番の値引率だと自負しています」

石垣はカタログをじっと見ている。

一台百万弱、十台で一千万、現金で取引するにはまずはその程度でいいだろう。営業マンも新人、その上、ちょっと頭も鈍そうだ。引っかけて見るか。石垣は先ほど綿貫に叱責《しっせき》されたことに反発していた。俺の腕を一流半だとか三流だとかバカにしやがって、その気持ちが黒崎の撒き餌へと近づけたのだ。ここでさらに騙しの金額を増やすことで、綿貫の鼻をあかしてやりたいという気持ちが強かった。人は何かにとらわれると、冷静な判断力を失う。その典型が今の石垣だった。

「試しに使ってみてもいいかもしれませんな」

「本当ですか！　本当に本当ですか！」

「ええ、ただし、うちは現金取引ですからね、商品は約束の日に完全な状態で納品していただかないと困りますよ」

「もちろんです。現金取引のルールはよく分かってますから。ありがとうございます。いやあ、信じられないですよ。ぼく、初めて契約もらえました」

「はは、まあ、詳しいことはまた明日にでもね。先ほど応対していた岸田に言っておきますから」

「はい、よろしくお願いします」

石垣が去っていくとほっとため息をついて黒崎は、椅子にもたれかかった。相手が乗ってくれたことよりも、気づくどころかいっさい不審に思わなかったことに安堵した。

受付嬢にもあらためて礼を言うと、黒崎はマリンブルーコンサルタントを後にした。

「さて、忙しくなったぞ」

携帯を取り出す。

「あ、おやじ。用意してほしいものがある。デジタルカラーコピー機を十台。メーカーと品番は明日メールする。それと、搬入用のトラックが一台。ボディの横にはＰＣキングスって入れてくれ。汚れてない法人だから、堂々と頼むよ。それと、何も聞かずに作業をする人間二人。とりあえずは、これだけ」

「いいだろ。金はこの前おまえが置いていったやつから引いておく」

「勘違いするなよ。あれは情報料だって言っただろ。こっちはちゃんと別料金できっちりとお支払いしますよ」

桂木は無言。了承したという意味なのか。

「あと、調べてほしいことがある。石垣の会社とつながりのあるフロント企業、それをリストにしてくれ」

「今から早瀬に持って行かせる」

「え？　今から……」

唐突に携帯は切れた。

と、また携帯が鳴る。

「場所を教えろ」

「ふう、早瀬さんさあ、もう少し人間らしい会話してよ」

「住所を言え」

「はいはい、分かりましたよ」

三十分ほど後、黒崎は路地の奥で早瀬と会っていた。

「石垣と関連があるフロント企業、さらにその取引先企業のリスト。フロント企業のほうはすべてマリンブルーコンサルタントが入っているビルの中にある」

「同じビルの中？　はあ、横着な連中だな。つまりはあのビル自体がフロント企業ビルっていうわけか」

「あとはバックに控えている暴力団の名前。幹部や組織図も入っている」

「いやはやなんともご丁寧なお仕事で」

「この情報をどう使うかはおまえ次第だ。これはおまえが欲しがるだろうと、桂木さんがおまえが帰った後で用意させたものだ」

「何もかもお見通しというわけか」

早瀬はそれには答えず、無言で去っていく。

「俺が欲しがるものも、俺がやろうとしていることも、桂木はすべて把握済み、か。ま、いいさ。最後まで思い通りになるものかどうか、楽しみに見てるといいよ」

黒崎は受け取った資料を大切そうにアタッシュケースにしまうと、アパートへと戻っていった。

数日後。黒崎はトラックにデジタルカラーコピー機を積み込んでマリンブルーコンサルタントを訪れた。

「どうも、黒川です。お約束のデジタルコピー機十台お持ちしました。こちらが納品書です、ご確認ください」

「黒川君」

「あ、これはどうも社長さん」

「お疲れさん、納品が早くて助かるよ。いやあ、私はよく知らなかったんだが、おたくは結構古い会社なんだねえ。最近社名変更したようだけど」

「ええ、やはり時代に合った名前でなければいけないというのが社長の意向でして。今どき○○事務機なんていうんじゃ」

「そりゃそうだな」

黒崎は石垣がしっかりと調べてくれたことにむしろ安心した。そのために社歴の古い休眠法人を買い取ったのだ。相場よりかなり高い値段だったが、ちゃんと役に立っている。相手が詐欺師となれば、登記簿ぐらいは当たり前のように調べるものだ。

「実はね」

石垣は黒崎を社内へと誘った。

「ちょうど社員用パソコンの買い換えを考えていてね、業者を選んでいるところなんだよ。これまでだったら、即決まりという感じだったんだが、PCキングスさんは安いしね。今回のことで納期が早いことも分かったし。お願いしようかなと思ってるんだ」

「ええ！　それは是非、是非にもお願いします。先日、社長にも言われたんです。マリンブルーコンサルタントさんは、大切にお取引していただくようにって」

屈託のない笑顔の黒崎を見ながら、石垣は小ずるい顔になった。

「ただね。この次はできれば現金支払いではなくて、手形で取引してもらいたいんだが」

ほら来た、こう予想通りだと笑える。

「手形ですか？」

「銀行の方がうるさいんだよ、そうしろって。うちとしては現金があるんだから、それで決済してしまってもいいんだがね。ま、銀行の連中なんていうのは、自分のところにできるだけたくさんの金を集めておきたいわけだろ。少しでも長い間、置いてくれとな。手形なら決済期間までは確実に口座に金は残っているからね」

黒崎はいかにも困ったような表情を作る。

「うーん、でも、うちのこの値引率は、あくまでも現金支払いということでやってるんですよ。ギリギリですからね。手形だとうちのほうも支払いが……」

「それはわかってるんだが、数十台は買うつもりだし、君のところががんばってくれれば、うちがコンサルティングしている会社のほうに紹介することも考えているんだよ。何も全額手形にしようというわけじゃない。そうだな現金四割程度でどうだろう」

「それじゃあ、とりあえず上司に相談してみます。今、ちょっと待っていただいていいですか？」

「ああ、かまわんよ」

黒崎は携帯を取り出すと、いかにも会社にかけているような会話を始める。頭の中では石垣の仕掛けを整理していた。

手形でパソコンを大量購入、納品されたパソコンは右から左に流してしまう。そして手形の決済時期がやってくる寸前にマリンブルーコンサルタントはあえなく不渡りで倒産という筋書き。取り込み詐欺の教科書のようなやり方だ。確かに贈答詐欺の時に比べると手慣れている。さすがは倒産詐欺のプロといったところだ。この倒産をきっかけに小規模の連鎖倒産を起こして、今度は整理屋として乗り込むつもりだろう。十年経ってもやってることは全く同じ。

だが、今度は違うぞ。整理されるのは石垣、おまえのほうだ。

「社長、上司のほうから了承がもらえたんですが」

「お、そうかね」

「いえ、実は半金半手にしてもらうように言われたんですよ」

「半金半手……」

「社長の四割現金という要望も伝えたんですが、どうしても五割じゃないと難しいと言うんですよ。やっぱりうちの資金繰りがいろいろと忙しいみたいで。飛び込みでこんないいお取引をしていただいているのに、ご期待に添えなくて本当にすいません」

殊勝に頭を下げる黒崎。

石垣はしばらく考えていたが、決断したようだ。

「分かりました、それで結構ですよ。半分現金、半分手形。それでいきましょう。じゃあ、契約書のほうをよろしく」

「ありがとうございます」

石垣は黒崎を岸田に任せると社長室へと入っていった。

「いいカモが見つかりましたよ、綿貫さん」

電話の相手は例の綿貫だ。

「ええ、ＯＡ機器の会社です、ＰＣキングスですよ。このあいだの」

「あそこか。納品は大丈夫なのか」

「そりゃもう。デジタルカラーコピー機で実績は確認済みですから。なんといってもパソコン系はすぐに金になりますからね。今度はパソコンを四十台入れることにしましたよ。ただ、半金半手ですが」

「半金半手か。結構慎重な相手らしいな」

「心配いりませんよ。半分払ったとしても、儲けは十分ですし、三ヵ月間四十台ずつ仕入れていけば、儲けはかなりのものになりますよ。一台三十万として千二百万かける三で三千六百万。一千八百万は払ったとしても、掛け率八で流しても一千万は楽に浮きますから。その上、相手はおそらく倒産に追い込まれるでしょうからね」

「他の会社にも紹介するんだな」

「もちろんですよ。負債を膨らませて後は倒産整理で締めますよ。在庫だけでもかなりのものが望めると思いますよ。ＯＡ機器は、昔から相性がいいんですよ」

「そうか。相性が良かったのか、それは知らなかったな」

「は？」

「水野事務機のことをちょっと思い出してな」

「やめてくださいよ、その話は。あれは……イレギュラーのようなものだし、だいたい、あの話は」

「やめておくか。お互いに古傷を見せ合っても仕方がない」

「とりあえず、これを最後の仕掛けにして、マリンブルーコンサルタントは手じまいします」

「分かった。抜かるな」

抜かるものか。最後の締めだって俺がちゃんとやったじゃないか。石垣は受話器を乱暴に置いた。


ＰＣキングスで仕掛けを終えた黒崎だが、本当の仕掛けはまだこれから。むしろ、ここからが本番だ。アパートの一室はひとしきり作戦司令室のような雰囲気になる。もっとも、そこにいるのは黒崎ただ一人だが。

「石垣の会社と取引している出入り業者の一覧か。やっぱりＯＡ機器関連に集中しているなあ。連中もどういう商品が金に換えやすいかよく分かってるわけだ。事務機がお好きなのは十二年前ご同様っていうわけか。さて、じゃあはじめさせてもらいますか」

黒崎はリストの上から順番に電話をかけていく。

「もしもし、センゴクシステムさんですか。私、特殊企業対策特別法人・回収課の黒川と申します。実は、御社がお取引されているマリンブルーコンサルタントに関することで、お伺いしたいことがございまして。はい、明日お時間をいただきたいんですが。え？　内容ですか、それは電話ではちょっと。ただ、とても大切なことだと申し上げておきます。そうですか、では、その時間に」

次々と黒崎は電話をかけていく。時間と日をずらしながらアポイントメントを入れ続ける。気づいたときには一時間が過ぎていた。

「ああ、疲れた」

首をゴキゴキと鳴らす。

「さあ、楽しくなってきたぞ」

翌日、黒崎はＰＣキングス用とは違う、スーツにメガネをつける。

「おっと忘れるとこだった。回収人が茶髪はマズイよな。マニキュアは……これか」

ヘアマニキュアで黒髪に戻す。カラスのような真っ黒い髪に変わっていく。

「うそくせえ。けど、ま、茶髪よりはましか」

別の黒川になった黒崎はおやじに用意してもらったリストを手に出動する。

「マリンブルーコンサルタントが暴力団のフロント企業だって？」

センゴクシステムの応接室。対応しているのは総務部長。フロント企業と聞いて驚きを隠せないでいる。

「そうです。これはマリンブルーコンサルタントが最近取引した会社のリスト一覧です。

よく見てください。センゴクシステムさんとは別のOA機器会社十社以上からパソコンを数十台ずつ購入しています。あの規模の会社でこの購入数はあきらかに不自然です」

総務部長は老眼鏡をかけてじっと眺めている。その顔には驚きと焦りが見える。

「私どもは債権回収機構の関連法人として、こうした危険な企業について調査をしています。不良債権になってしまった後は回収機構の仕事ですが、その前に回収するのが我々の仕事なんです。その調査によると、彼らは取り込み詐欺の常習犯である疑いが大変に濃くなっています。センゴクシステムさんも最近になって取引を手形に換えていますよね？　その手形は数ヵ月後には間違いなく不渡りになります」

「……そんな！」

相手は愕然《がくぜん》としている。それはそうだろう。優良な取引先と思っていたところがフロント企業で、しかも取り込み詐欺の常習犯の疑いがある上に、手形も不渡りになるというのだ。

「大丈夫です。われわれに債権をお譲りくだされば、後はこちらで回収を行います。手形を渡していただければお支払いはこちらですぐにでもいたします」

「それは、つまり……マリンブルーコンサルタントの手形を買ってくださるということですか？　額面で？」

「もちろんです。それが我々の仕事ですから。マリンブルーは近々計画倒産するでしょう。その時に、センゴクシステムさんをはじめとした取引企業が、バラバラに請求しても相手はプロです。一銭にもならないでしょう。ですが、われわれもプロです。専門機関が一括して相手に当たれば確実な回収が望めます。蛇の道は蛇、ですからね」

「分かりました。ですが、本当に……」

「このリストもごらんください。これは部外秘ですが、広域暴力団の資料です。ここに名前が載っていますよね、この名前覚えておいてください。で、こっちがマリンブルーコンサルタントの入っているビルの所有者の名前です」

「同じだ……」

「どうですか？」

「はい……はい、お願いします」

「それとですね。回収に差し障りが出ますので、本日の話は外部には漏らさないでください。もちろん、マリンブルーコンサルタントが倒産した後ならかまいませんが。もし、よそに知れてしまうと、我々も回収に困難を来《きた》しますので、その点をよろしくお願いします。では、代金をお払いします」

黒崎は現金を取り出すと、手形を受け取ってセンゴクシステムを後にした。

「さて、次の会社は……」

黒崎は次々と取引先を回っていった。どこも反応は似たようなものだった。手形にしてから取引が増えたという反応も多かった。

いずれも最初は半信半疑であったが、黒崎が持参した納品リスト、そして、何よりも雄弁に相手を説得してくれたのは、ビルオーナーの名前。

「これで全部か、ずいぶんと集まったね。お陰でトランクは空っぽ。これだけかけたんだからたっぷりと回収させてもらわないとな。これまでの儲け全部吐き出して、倒産して路頭に迷った人たちの気分も味わってもらいましょうかね。石垣。俺の整理はちょっときついぜ」


数日後。

「それじゃこちらが現金で六百万。残りの支払いは手形で……」

石垣が黒崎に支払いをしている。注文してきたパソコンを納入しにきたのだ。黒崎の頭はまた茶髪に戻っている。

「あの、パソコンのセットアップもやってますんで、よかったら声をかけてください」

「そうだね、必要があったら連絡するよ」

「じゃあ、このたびは本当にありがとうございました。また、よろしくお願いします」

「ああ、来月もまたよろしく頼むよ」

石垣もにっこりと笑っている。いいカモを喰った快感だろう。もちろん、黒崎もいい笑顔だ。タイミング的に今日にしたのは、最後の仕掛けが爆発するかどうか、それを確かめたいからなのだ。

「では失礼します」

黒崎は慇懃に頭を下げると、マリンブルーコンサルタントを出ていく。ちょうど受付の横を通り過ぎたときだった。表から殺気だった男たちが入ってきた。

一目でその筋と分かる男たちばかりだ。なぜか大きな鞄を下げている男も。

「あの、どちら様……」

受付嬢は声をかけたものの、ひと睨みされただけですくんでしまった。

「それじゃ結局ＰＣキングスに六百万も払ったのか」

社長室で石垣と綿貫が成果について話している。

「ええ、でも残りの六百万は手形ですし、パソコンとデジタルコピー機を捌《さば》けばいい金になりますよ、綿貫さん」

「しかし、そうは言ってもな、他は全部手形なのに、あそこにだけ現金を渡すってのは」

「それは、そうなんですけど、値引率を考えても」

乱暴に社長室のドアが開けられる。

「ちょっと、困ります」

背後から社員の声が聞こえる。制止しようとしたらしい。

「じゃかましい、こっちは用事があるんじゃ」

怒鳴り声。男たちが乱入してくる。

綿貫は慣れているのか、落ち着いている。先頭の男に声をかける。

「なんだ政本《まさもと》じゃないか。ずいぶんと変わった入り方をしてくるんだな」

「おやおや、綿貫さんもご一緒でしたか。それはちょうど良かった。話が早い」

石垣のほうを向く。

「ちょっとこれについて聞きたいんだけどな、石垣社長」

「ん、手形じゃないか。これが……」

「おたくの手形だよな、これ。それがどういうわけかうちに回ってきてるんだよ」

「うちって、ビッグバンローンに回ったというのか？　そんなバカなことがあるものか。これはセンゴクシステムに渡した手形だ」

「まだある」

別の男が手形を出す。

「これはうちに回ってきたやつだ。まったく同じ金額、支払日も同じだ」

「冗談じゃない、そんなことがあるはずがない。同じ手形が二枚もあるなんて、おかしいじゃないか。どっちかが偽造に決まってる」

「どっちか一枚、だと？」

政本が睨み付ける。

「うすばかやろう！　出回ってるのは二枚だけじゃねえぞ。これと同じモノがウインドクレジットにも回ってるし、他の受け取り人の手形も同じモノが何枚も金融屋に回ってるんだ」

「そんな、馬鹿な」

「金融屋だけじゃない。銀行にだって回ってる」

「あり得ない……そんなことは……」

「石垣、寝とぼけるな。よく聞けよ。問題はなこの手形が偽物か本物かってことじゃない。そんなことはどうでもいいんだ。だいたい、銀行にまで通るほど精巧にできてるんだ、要するに全部ホンモノってことじゃねえか。一番の問題はな、この手形を俺たちが割ってるってことだ。俺たちはな、この手形に現金を払ってるってことだよ。それをあり得ないだの知らないだので通るとでも思ってるのか。おっさん、西向くか？」

石垣は手形を持ったままブルブルと震えている。

「いいか俺たちはな、てめえらから回収する権利があるんだ。さっさと銭を用意しろ」

綿貫も事態の異常さにとまどっていたが、少しずつ状況が飲み込めた。

こんなに腕のいい偽造屋は何人もいない。それに頼めるのはよほどの大物。だが俺がそんな大物に恨まれる覚えはない。

「綿貫さんよ、どうするんだ」

政本が声をかける。

「俺は、知らぬ間に虎《とら》の尾を踏んだのか」

綿貫の呟きに政本は首をかしげた。

第五章　釈迦の手（倒産詐欺3・結末）

午後十一時。上野東署の中も閑散としている。夜勤の警官たちが眠い目をこすっている。そんな中、三階の資料室にいる神志名だけは疲れを知らずに動いていた。

桂木につながる尻尾が見えた。このチャンスを逃せば、桂木はおろか黒崎に近づくこともできない。

苦い思い出が蘇る。配属されてまもない頃。キャリアでありながらどうしても知能犯つまりは詐欺師を追いたいという無理を通してもらった神志名は意気込み過ぎていた。ある事件で使われた手形。その裏書きに桂木と書かれているのを知ると、周囲の制止も聞かずにバー桂へと飛び込んでいった。およそ警察にいて、裏社会のフィクサーである桂木敏夫の名前を知らない人間はいない。

世間を揺るがすような経済事件が起きるたびに名前が取りざたされているほどだ。

桂は小さなバーだ。カウンターに十に満たないスツールが並べられている。そして、いつも薄暗い。

そこには桂木、早瀬、そして見知らぬ小僧がいた。

「桂木敏夫だな。この手形について聞きたいことがある。同行してもらおうか」

起きているのか寝ているのか、うっすら目を開いた桂木は手形のコピーを受け取った。裏書きを見ている。

「この手形とわしが関係があるというのか」

「当たり前だ、おまえの名前が裏書きされているだろうが。なんなら老眼鏡でも用意しようか」

一緒についてきている桃山がさかんに後ろからこづいているが、神志名は気づきもしない。

「そうか、わしの名前か。早瀬、わしはなんという名前だったかな」

「いい加減にしろ、桂木。くだらない戯《ざ》れ言につきあうつもりはない、話だったら取調室でじっくりと聞いてやる」

「早瀬」

「かつらぎとしお、です」

「そうだな。うん。間違いない。刑事さん」

「なんだ」

「私の名前は桂木敏夫。この人じゃありませんな」

コピーを指さす。

「何を馬鹿な……！」

そこには「柱木敏夫」と書かれている。

「い、いや、違うぞ。これはちょっと棒がずれているだけのことで……」

「神志名、もういいだろう。すいませんね、桂木さん」

「待ってくれ桃山さん、調書に出てくるこの、か……はしらぎ、というやつの特徴は、桂木と同じなんだ」

「いい加減にしろ。手形法ぐらい知ってるだろうが、キャリアなんだから」

小僧が笑い出した。

「へえ、キャリアなのに、現場を歩くんだ。変わってるねえ、刑事さん」

「なんだ、小僧」

「おお、こわ。知能犯じゃなくてマルボウ？」

「きさまあ、詐欺師の分際で」

「よせ、神志名」

屈辱だった。あんなくだらない手にひっかかるとは。桂木は承知の上で柱木と書いた。誰が見ても桂に見えるように。

「さ、いくぞ。どうもお騒がせしまして」

「ああ、刑事さん」

桂木が声をかける。

「おいしいコーヒーぐらいいつでもご馳走《ちそう》しますよ」

小僧の押し殺した笑い声が聞こえてくる。

詐欺師を騙す詐欺師、それが小僧だと知ったのは、その後すぐのことだった。以来、神志名は黒崎逮捕に執念を燃やしている。もちろん、黒崎を操る桂木も。自分がコケにされたこともちろんある。だが、それ以上に、黒崎の存在は不愉快だった。犯罪は法律のみが裁くことができる。テレビドラマの必殺仕置人ではないのだ。現実社会では法こそが正義であり、そして、それを現場で執行するために、警察官僚になったのだ。

詐欺師を騙す詐欺師。そんなものがネズミ小僧よろしく歓迎されるなどとんでもないことだ。

「まだ綿貫を調べているのか？」

「あ、桃山さん。今日は非番じゃないんですか」

「この年になるとな、非番も当番も関係ない。気が向けばいつだって来るさ」

「はは。俺と同じだな」

「綿貫、東京で仕事をしているようだ」

「本当ですか！」

「石垣と組んでいる。やっていることは相も変わらぬ倒産詐欺だ。ただ、ちょっとやっかいな感じがするな」

「どういうことですか」

「組対から入ってきた情報なんだが、石垣がやっている会社は、フロント企業しか入っていないビルにある。つまりは暴力団所有のビルにあるわけだ」

「そんなもの関係ないじゃないですか」

「うん、だが、いま組対はその組織を覚醒剤《かくせいざい》がらみで調べている。うかつな動きはするなと言われた」

「冗談じゃない！」

神志名は思わず怒鳴った。

「すいません。でも桃山さん、やつらが倒産詐欺を仕掛ければ、また大勢の犠牲者が出る、そうじゃないですか？　そりゃ覚醒剤も大切だ。けど、こっちだって緊急ですよ。でも、よく情報取れましたね、組対はもともとが公安筋で他人行儀な部署なのに」

「いや、いくら俺がベテランでもそれは無理だよ。実はな、手形を回収している人間がいるというたれ込みがあってな」

「手形回収？」

「そういう詐欺かと思ったんだがそうじゃない。ちゃんと金は払っている。問題は、回収していった手形の振出人だ」

「……綿貫、ですか」

「いや、石垣だ。マリンブルーコンサルタントという会社のものだ。その住所が例のビルでな、しかも、そのビルを所有している組織の人間と綿貫は懇意にしている。だからしばらく張ってみたんだよ。まんまと確認できたよ、綿貫が入っていったのがな」

「じゃあ」

「まあ、待て。もう少し固めないと無理だな。やつらがやっていることの裏付けが必要だ。石垣に関しては鷹尾殺しの件、それから、その前に仕掛けたと思われる桶川工務店の事件を引きネタにする」

「綿貫はどうするんですか」

「そこが難しい。が、手はない訳じゃない。綿貫に関しての有効なたれ込みがあった」

「本当ですか。信用できるんですか」

「まあ、これ以上信用できる筋はないと思う」

「誰が……」

桃山がそっと耳打ちする。

「そんなことが……いったい、どうして」

神志名は信じられないというように何度も首を振った。

「とりあえず、この線で行く。組対のほうは俺が話をつける。殺人とからめれば大丈夫だろう。ただし、時間はあまりないし、手柄にはならないかもしれないぞ」

「手柄なんかいりませんよ。誰が捕まえたってかまわない。しかし時間がないというと、もしかして……」

「例の小僧らしいんだよ、手形を回収したのが。もっとも写真を見せたらみんな違うと言うのだが、年格好も同じだし、何よりやつが名乗った機構など存在しないんだ」

「くそ、黒崎……またやりやがったか」

「落ち着けよ神志名。とりあえず、黒崎がやったことは今のところ犯罪を構成しているわけじゃない。俺たちがすべきは、石垣、そして綿貫を押さえることだ。そうすれば、自然と流れが変わってくる」

「分かりました。ありがとうございます」

「よせよ、俺だって知能犯係は長いんだ。詐欺師に手錠をかけたいと思う気持ちは変わらんよ」

「待ってろよ、詐欺師ども」

二人はその後もしばらく打ち合わせを続けていた。やがて、方針が決まったのか、桃山は帰っていった。残された神志名は桃山から聞いた話を書類にまとめて整理している。


同時刻。銀座、さくらみち。

「ママ、お電話が入ってます」

「はい、どなたかしら」

黒服からコードレス電話の子機を受け取ったさくらは、受話器の向こうから聞こえてきた声に我が耳を疑った。

「杜……いえ、桂木さん」

「ひさしぶりだな、元気なようで安心した」

「ごめんなさい、ちょっと待ってくださいます」

さくらはそう言うと、個室に入り、中から鍵を閉めた。

「失礼しました。あんまり突然だったので驚いてしまって」

「わしはいつでも突然なんだよ」

「ええ、それは分かってます」

「小僧にいろいろと話をしてくれたようだな。ありがとう」

「黒崎さん、ね。桂木さん、あの子にいったい何をさせるつもりなの」

思わず強い口調になる。受話器の向こうでは桂木が沈黙している。

「お願いだから、あの子を苦しめないであげて。苦しむのは、私一人でたくさんよ。二十一ならまだいくらでもやり直しがきくわ。あなたの手の中で泳がせるのは可哀想《かわいそう》よ」

「黒崎がそれを聞いたらどう思うかな」

「楽しんでるの？　また楽しんでるのね。私の時と同じように。産毛が抜けるまでの間はしっかりと抱きしめて、その後はまだ飛ぶことも知らない雛を突き落とす、それがあなたのやり方よね」

「ほお。そうだったかな、たしかお前はすでに空を飛んでいたはずだが」

「……ごめんなさい、言い過ぎたわ。本当は感謝してるのよ」

「感謝……か。半分は憎しみだろうに」

図星をつかれてさくらは絶句する。

「十二年前を覚えているか」

「当たり前よ。いえ、あの子に話したおかげでより記憶が鮮明になったわ。忘れたいこともたくさん思い出してしまった。一瞬だけだったけど、ぬくもりも……」

さくらの声が艶《つや》を帯びている。

「それこそ関係ないわね、桂木さんには。でもいいの、私の中では大切な思い出だから。おかげで銀座で女張って生きていけてるんだし」

「それはあんたの力だ。わしは関係ない」

「……どう考えるか、それぐらいは私の自由にさせてよ」

電話の向こうから桂木の笑い声が聞こえてくる。付き合っていたころも、一度か二度、聞いたぐらいの笑い声。さくらは、うれしかった。

「綿貫を潰すことにした」

「え……」

「あんたはもう知っているだろう。十二年前に石垣と一緒にわしを裏切り、倒産詐欺を拡大させた張本人だ。やつのせいであんたの父親は会社を失い、あんたはわしに出会ってしまった」

「そんな言い方しないでください」

「今では銀座のママとして生きているがそれがあんたの生きたかった人生ではあるまい」

「でも、今更どうして」

「どうしてだろうかな。最初は石垣だった。やつが密かに十二年前と同じ仕事をしようとしていることが分かった。だから黒崎に喰わせることにしたが、やつは失敗した。もちろん、わしが情報を隠したせいもあるだろう。だが、その失敗のおかげで背後に綿貫がいることも分かった」

「あの子には無理よ」

「分かっている。やつには石垣を喰うのが精一杯だろう。それが自然の摂理というものだ。それでいいんだ。やつが石垣を喰うことになれば必然的に綿貫も動く」

「どうしても？」

「どうしてもだ。それをしなければわしがわしでなくなる」

溜息しか出ない。桂木を止めることのできる人間なんてこの世に存在するはずもない。

「じゃあな」

「待って……ねえ、もう会えないの？」

「逆流しない限りは無理だ」

ぷつり、と電話は切れた。さくらは放心したようにソファに腰を下ろしたままだ。

「可哀想な子供たち、なのね。私も、そしてあの子も」

黒崎が仕掛けた罠《わな》が炸裂《さくれつ》した前夜、それぞれのドラマがひっそりと展開していた。ドラマはどれも単独のように見えたが、すべてはひとつの目的に向かって収束していく。

石垣、綿貫、そしてマリンブルーコンサルタント。

見えざる手は黒崎をも駒にしていたのだろうか。その結果が、マリンブルーコンサルタント社長室の騒動を生み出していることだけは紛れもない事実だった。殺気立ったヤクザに乱入され、手形をつきつけられた石垣と綿貫は混乱の泥沼にはまりこんでいた。

「虎の尾がどうしたっていうんだ、綿貫さん。混乱しないでくれよな、頼むから」

政本が声をかける。

「もう一度言うぞ。この手形が偽造だろうが何だろうが、俺たちが払った金を回収させてもらう。そうすれば文句はない」

「もう一度手形を見せてくれ」

「何度でも見なよ」

綿貫はじっと手形を見つめている。光にかざし、指先で揉むような仕草で手形の端をさわっている。

「完璧だ」

「なんだと？」

「この手形は、ホンモノだ。偽物だが本物だ。まさか、自分がやられることになるとは、な」

「綿貫さん、どういうことなんですか？」

「石垣、馬場《ばば》の先生だよ、これをやったのは。俺たちのかなう相手じゃない」

「馬場の先生って、手形から印鑑まで本物以上の偽物を作るという、あの先生ですか。まだ生きてたんですか？」

「そうだろうな。こうやって現物を見せられるとな。だが、もう引退しているはずだ。あの老人を動かせる人間は……」

馬場の先生。高田馬場《たかだのばば》の古ぼけたアパートの一室。今どき共同トイレというその建物の中に、偽造の世界では知らぬ者のいない老人が住んでいる。通称、馬場の先生。複雑なものほど喜び、偽造不可能という言葉に生き甲斐を感じる男。およそ四十年近く偽造の世界にいて、一度も見破られたことはない。だが、ここ数年は引退したという噂が流れ、実際コンタクトが取れなくなっていた。彼が仕事をしてくれれば、どんな相手に対しても手形を渡すことができる。誰もが仕事をしてほしがった。


「これを作るのか？」

かび臭い部屋で老人は呟いた。

「そう。偽造してほしい」

「偽造？　帰れ若造。わしは偽造などしたことはない。わしは本物を作るだけだ」

「いや、すいません。取り消します」

「まったく桂木もやることがどんどん小さくなっていくな。こんな仕事で、わしを現役復帰させるつもりなのか」

「頼みますよ、先生」

「先生と呼ぶな、ばかもの」

どうすりゃいいんだよ。四畳半の狭い部屋の入り口に立ちながら黒崎はあきれていた。マリンブルーコンサルタント発行の手形を大量に手にいれた黒崎は、大量偽造によって石垣を破滅させることを考えた。その道のプロと呼ばれる人間にも何人か会った。報酬ははずむよという黒崎の言葉に、誰もが乗り気だったが、

「フロント企業系に持っていくからさ、精巧に頼むよ」

と黒崎が言うと、全員そろって尻込みするのだった。

「悪いけどそういうヤバ筋に出すのはやめたほうがいいよ」

「あんた、この世界じゃ超一流なんだろ？」

「どんなに良くできていても偽物は偽物だ。その筋の人間っていうのは、そのあたりの嗅覚《きゆうかく》がずば抜けてるんだよ」

「弱ったなあ」

「俺が作った手形で、あんたが東京湾に浮かんだんじゃや、かなわないからな」

東京湾。黒崎の脳裏に鷹尾の顔が浮かぶ。

俺が作ったマネーカードで鷹尾は東京湾に浮かんだ……。

「弱ったよ、どうやっても手形偽造が進まないんだよ」

「手形偽造だと。そうか、そう行くか」

「なあ、あんたならいい人知ってるだろ。紹介してくれよ」

「偽造のプロならお前のほうがよく知っているだろ。お前は現役だからな」

「だから、全員に断られたんだよ。フロント企業に出すほどの自信がないって」

「当然だな。誰だって自分の仕事で」

「ストップ。その先は言わなくてもいいよ」

「気にしてるのか」

「いいからさ、なんとかしてよ。これじゃ手詰まりになっちゃうよ」

「偽造のプロは紹介できん」

「なんだよ」

「本物を作る人間なら紹介してやる」

「本物？」

それが馬場の先生だった。黒崎も噂は聞いたことがあるが、引退したというし、やたらと気むずかしいと聞いていたので、心にとめていなかったのだ。

桂木の紹介だと言うと、会うことは会ってくれたが、いざマリンブルーコンサルタントの手形を見せると、文句ばかり言っている。

「久しぶりに仕事をする気になったら、こんな変哲もない手形を渡されるとは、長生きなんぞするもんじゃない」

「お願いしますよ。とにかくさ、渡す相手がコレ系だから」

そう言って黒崎は右手人差し指を頰に斜めに走らせた。

「ふん。ヤクザものをはめるのか。小僧にしてはいい度胸だな。だが、なぜわしなんだ？」

「みんな断ってきたんだよ。自信がないって。ああいう筋の人間は嗅覚がずば抜けてるからってね」

「なるほどな。いちおう偽造の連中もそのあたりはわきまえてるわけか。小僧、面白い物を見せてやろう」

老人は座り机の前から立ち上がると、押し入れを開けた。中には手文庫が入っている。

「なんだ？」

手文庫を開けると、中には様々な書き付け、しわくちゃな紙幣が入っている。

「見てみろ」

黒崎は言われるまま、手文庫の中を探っていく。

「ずいぶんとくたびれた札だなあ。しかも旧一万円札じゃない、珍しい。へえ、ナンバーがオールセブンかあ……ってオールセブンだあ？　これも？」

「そうだ、わしが作った」

「おいおい、冗談じゃないよ。なんだよ、これ。ヤクザの破門状じゃないか。まさかこれもあんたが」

「当たり前だ」

「だってこんなものどうするんだよ」

「あるヤクザから頼まれたんだ。警察を騙すためにどうしても必要だってな。そんなものもちろん出回ってるわけじゃない」

「あきれたもんだね、こりゃ。なんだよ逮捕令状まであるじゃないか……ぷっ。桂木敏夫かよ。罪名は……詐欺罪、ね」

「納得したか、小僧」

「参りました。ひとつつまらない仕事でしょうが、よろしくお願いします」

三時間後と指定された黒崎がきっちりその時間に訪れたすでに仕事は終わっていた。

「早いね。ええと、これが原本……じゃなくて、こっちが……あれ？　どれが……」

「すべて本物だ。気にするな」

老人はぷいと背中を向けた。帰れと言っているのだ。

受け取った黒崎はすぐに手形の割引に動いた。手形は期日指定で現金になる。だが、それまで待てないというケースはよくある。その場合、利息を払って手形を現金にしてもらう。これが手形の割引という。街金などの看板に「小切手・手形」などと書かれているのはそういう意味だ。

黒崎はおやじからもらったフロント企業リストの中からローン会社を選ぶと次々に手形を持ち込んでいった。ばれる心配はない。むしろ、なぜ関連企業の手形が回ってきたのか、そちらを疑われる方が心配だった。実際、いくつかの会社では「少々お待ちくださいさい」と言われた。奥ではこんなやりとりがされていたのだろう、おそらく。

「どういうことだ、マリンブルーコンサルタントの手形を割ってくれってのは、おかしいんじゃないか」

「ですよねえ。企業内で金回すようなもんじゃないですか」

「ま、利息分儲かることは同じだがな」

「どうします」

「いいだろ、割ってやれ」

黒崎は次々に手形を割っていく。だが、中には組織に連絡した者もいる。

「政本さん、マリンブルーコンサルタントの手形が回ってきてるんですけど、どうしましょうか。え？　かまわないんですか。分かりました」

政本はあっさりと許可した。だが、同じ電話が次々にかかってくると、政本も焦りだした。あわてて、関連各社に連絡をとると、恐ろしいほどの数が割られていたのだ。

「金の用意しろよ、綿貫さん。上のほうにも話は通してある。本家に泣きついても無駄だぞ」

石垣が綿貫を部屋の隅に引っ張っていく。

「綿貫さん、もし出回っている手形すべてを決済することになったら、我々は一文なしになってしまいますよ。どうするんですか」

「……くそ、こんなことになるとは」

政本の携帯が鳴る。

「分かりました。ええ、早めに引き上げますよ。もちろん、もらうものをもらってね。綿貫さんよ、こっちとしてはこれ以上ことを荒立てるつもりはない。本来ならあんたを信用して決済日まで待ってから銀行に交換に行ってもいいんだ。というか、知らない仲じゃないんだから、それが普通だよな」

「そうしてくれるのか」

「だめだな」

「どうしてだ、長い付き合いじゃないか」

「あんたの横にいる、そのおっさんのせいだよ」

石垣を指さす。

「そいつんとこのできそこないが、二億円も本家筋からぱくりやがった。補塡はしてもらったが、メンツは傷ついたままだ。だからな、今回に限っては決済日まで待つなんて話は上が認めないいんだよ」

なんてことだ。石垣のバカめ。どうして、あんなつまらないやつを雇ったんだ。綿貫は石垣を睨み付けた。だが、今となってはどうにもならない。

「じゃあ、こうしようじゃないか」

煮え切らない態度にいらついた政本は解決策を提案した。

「今ここに俺たちが持ってきた手形があるな。これを全部買い取れ。そうすれば俺たちは引き上げてやる」

「いや、それは……」

「その代わり、他の街金やら銀行、取引先で持っている手形は不渡りにしちまえばいいだろうが。口座から金を引き上げてな。そうすれば、とりあえず金に困ることもないだろうが」

綿貫は考えている。

「おいおい、考えるなよ。いい提案だろうが。これ以上はないって話だぞ。それとも、何か？　俺たちの手形を反故《ほご》にするつもりか？」

「分かった。ちょっと待ってくれ」

「綿貫さん……」

「うるさい！」

綿貫は石垣を押しやると、社長室のさらに奥の小部屋に入っていった。そこには、頑丈そうな金庫が置かれている。

ゆっくりとダイヤルを回す。右、左、右……そしてハンドルを押し下げる。

ガチャリとドアが開く。札束が積まれている。

「政本さん。たぶん足りると思うから、持っていってくれ」

「あんたが持ってきなよ」

「なんだって？」

「あのなあ、この状況で俺が金庫から金を持ち出したら、どう見たって強盗だろうが。社員だっているんだ。訴えられたらこっちに勝ち目はないからな」

「そんな馬鹿なこと」

「しないって保証はないだろ。どうせカメラぐらいついてるんだろうがよ、その部屋にも、この部屋にも」

　政本は社長室の隅にある監視カメラに手を振る。

「分かった。おい、石垣、手伝え」

　二人は数回にわたって札束を運び出してきた。積まれた札束は一億を超えるだろうか。男たちは手際よく金をバッグに詰めていく。

「じゃあな、綿貫さん。これで俺たちのほうはＯＫだ。さっさと口座の金を移したほうがいいぜ」

「分かってる」

　薄ら笑いを浮かべながら、政本たちは出ていった。


「令状の用意はいいな」

「大丈夫です。こっちが石垣、これが綿貫のです」

「石垣が詐欺罪、綿貫は有印私文書偽造・同行使か。別件だが、仕方がないな。やつの作ったこの契約書があれば問題はない」

神志名は綿貫が貿易商を騙したときに使った契約書を組対の刑事に手渡した。よくできているが、貿易商は記名押印していない。偽物なのだ。

「桃山さんもとんでもない秘密兵器を持ってるもんだ」

「男たちが出てきました」

「よし、あいつらは後でいい。行くぞ」

ビル前に停められていた覆面パトカーから刑事たちが降りていく。その後ろ姿を神志名はじっと見つめている。今回は組対の出番なのだ。それでもいい、詐欺師が捕まるんだ。周辺に隠れていたパトカーも赤灯を回しながらビルの前に横付けされていく。

「待ってろよ、石垣、綿貫。逮捕された後は俺がじっくりと取り調べてやる。そして、この二人をとっかかりにして、必ずあいつらも追い詰めてやるからな」

神志名の頭の中には屈辱を受けた桂木の姿、そして黒崎の顔が浮かんでいる。


政本たちが出ていった社長室。茫然《ぼうぜん》自失の石垣。悔しさに顔を歪める綿貫。

「これからどうするんですか、綿貫さん」

綿貫は答えずにテーブルの上に散乱している手形を手に取った。

「誰の仕業なんです」

「分かってるさ。これだけの仕事をできる人間は決まっている」

「いったいどういうことなんです。分かってるって誰なんですか。綿貫さんをはめるような人間がいるんですか？」

「十二年間も放っておいたくせに、なんで今になってこんなコトをするんだ。……さん」

「え？　なんですって？」

「いいから早いところ口座の金を移しに行くぞ」

十二年前のツケはあまりにも大きいものだった。あの時、桂木はなんと言っていたか。

『いいか綿貫。やり過ぎるなよ。日本を潰すのが目的じゃない。横着な取引をしている企業から上澄みをいただく、その程度でいいんだ。分かってるな』

分かってはいた。だが、次々に倒れていく企業、そこから吸い上げる甘い汁に我を忘れた。いくら設計図を書いたにせよ、実行するのは自分だ。自分が動くから金になる。

桂木の怖さを忘れたわけじゃない。結果として桂木も潤うのだからかまわないだろう、そう思ってしまったのだ。だから、水野事務機の債権者会議に桂木が乗り込んできたと石垣に聞いた時は、体が震えた。

しかし、ペナルティと呼べるようなものはなかったのだ。倒産詐欺が終幕を迎えただけのこと。もちろん、それ以来桂木に連絡を取ったことはないし、向こうからも何もしてこなかった。いわば、独立したのだと思っていた。誰になんと言われようと、自分が成し遂げた倒産詐欺の快感は忘れられなかった。設計図を作ったのは自分ではない。だが、何度もやっているうちに、確実にそれは自分の色に染まってきた。

「それなのに、今になってこの仕打ちか。だったらこの十二年はいったい何だったたんだ」

嘆いても仕方がない。失った金はまた稼ぎ出せばいい。一億以上の出費は痛いが、これで組織にも顔は立った。当座にはまだ金が残っている。五千万ぐらいはあるはずだ。手形が回ってくれれば消えてしまう金だが、今ならまだ間に合う。

「石垣、何をしてる、行くぞ」

社長室の窓から下を見たまま動かない石垣に綿貫が声をかけた。

「綿貫さん」

振り返った石垣はべそをかいたような顔をしている。

「なんて顔をしてるんだ」

「警察です……」

「警察！　なんだって、警察がここに」

警官の帽子、そして、刑事たちの頭が、吸い込まれるようにビルの中に消えていく。すぐにドヤドヤと大勢の人間が社内に入ってくるのが分かった。

ドアが開けられる。刑事が令状を手にしている。

「上野東署の組織犯罪対策課だ。石垣徹、署まで同行してもらおう。鷹尾の事件についてもゆっくり聞かせてもらうぞ」

石垣はその場に崩れ落ちた。いい年をして泣いている。

「お前は何度も取り込み詐欺で訴えられてきた会社の経営者として名前が挙がってきた。今までは経営難ゆえの倒産だと切り抜けてきたようだが、今回はそうはいかないぞ。桶川工務店、覚えてるだろう。あそこの社長とお前、そして鷹尾が銀座の高級クラブで会っていたという証言もすでにあるんだ」

引き立てられた石垣の両腕に手錠がはめられる。

「綿貫裕二郎。お前もだ」

「私が何をしたっていうんですか、刑事さん」

「有印私文書偽造・同行使。この契約書に見覚えがあるだろう」

刑事は逮捕令状と一緒に、神志名から受け取った契約書を突きつける。

じっと見入っていた綿貫は突然笑い出した。引きつるような、悲鳴のような笑い声が部屋中に響く。

「ここまでやるのか。桂木……さん」

その呟きはあまりに小さく、周囲の誰一人として聞き取ることができなかった。

綿貫は自分の両腕にはめられた手錠をじっと見つめている。


石垣とのリターンマッチに勝った黒崎は、桂へ向かっていた。初戦は手痛い負けを喰らったものの、石垣の本業で見事にはめることができた。奴らからは、偽造した手形で一億以上の金を手にすることができた。本物の手形を落とせば奴らは完全に終わりだ。

警察も遊んでいたわけではないようだ。手入れが入ったことをニュースでやっていた。金も失い刑務所行きとなれば石垣も、娑婆《しゃば》に復帰することは不可能だろう。

　これまでさんざん利用してきた暴力装置に牙を剝《む》かれたその瞬間を見たかったが、それは望みすぎというものだ。ヤクザを絡ませる結末は、決していいとは思わない。だが、今回だけは別だ。奴らが利用したものによって始末される。それこそがクロサギとしての正しい騙しだ。

「整理された気持ちぐらいは聞きたかったな」

　黒崎は上機嫌で交差点を曲がった。その先に、会いたくない男の顔があった。

「ずいぶんと頭がさっぱりしてるじゃないか。それだったらいつでもムショに入れるな。準備完了ってことか？」

「単なる気分転換だよ。いっつも同じ髪型してたんでね。あんたもどうだい、ずいぶんと手入れを怠ってる感じだぜ」

　神志名は自分の頭を指で搔《か》いた。毛がからまってくる。

「気を使ってもらってありがとうよ。髪の毛のこと考える時間があんまりないんだよ。人を騙して金を取ろうなんていう悪人があんまりにも多いんでね。その悪人を騙すっていう大悪人もいることだし」

「からむね。ま、いいさ。今日はそのぐらいのことは聞いてあげるよ」

「ほお、機嫌がいいんだな。商売繁盛ってところか、黒崎」

「下種《げす》の勘ぐりだね。話が終わったなら行かせてもらうよ」

「桂木のところか？　またネタでももらうつもりか？」

黒崎は答えずに通り過ぎようとする。

「今日、うちの組対が管内のフロント企業が詰まってるビルにガサ入れをした。そこで二人のシロサギを逮捕した」

「二人？」

「そうだ、二人だ」

「ふうん、それで？」

「お前も知ってるだろう。石垣徹と綿貫裕二郎だ」

「綿貫？」

「なんだ、綿貫のことは知らないのか。パパは教えてくれなかったのか」

神志名は暗く笑った。

「まったくお前もとことん利用されてるんだな、あのおやじに」

黒崎の足はぴくりとも動かなくなっていた。

「だったら、俺が教えてやろう。俺も今日は気分がいい。管内からシロサギが二匹もいなくなったんだからな。記念すべき夜だ。こういう夜には殺人犯とだって酒を酌み交わせそうな気がするよ」

「言いたいことがあるならさっさと言えよ」

「綿貫裕二郎はおまえの飼い主が昔つるんでいたシロサギだ。石垣のボスで、十年以上前から倒産詐欺を数多く手がけてきた大物だ。だが、十二年前、トラブルによって桂木から切られたらしい」

黒崎はまったく知らない詐欺師が石垣の背後にいたことに衝撃を受けた。と、同時に桂木の意図がようやく分かった。桂木は綿貫という詐欺師を潰したかったのだ。だが、俺にはそれを言わなかった。

「もうひとつ、これはお前に深く関係する話だ。なぜ、鷹尾は殺されたのか」

「どうしてそれが俺に深く関係するんだ」

「とぼけるなよ、黒崎。こっちは暴力団関係者から供述をとってるんだぞ」

どこまで知ってるんだ、神志名は。

「ま、とは言っても、組み合わせパズルみたいなもんだけどな。とりあえず、そろってるピースを集めてみての俺のカンなんだが」

神志名はもったいつけるように言葉を止めた。

「鷹尾に嘘っぱちの電子マネーカードを流したのは、黒崎、お前だと思うんだがな」

「あんた、俺になんで会いに来たんだよ。そんな嫌みが言いたくて来たのか？」

「死人に口なしってことわざがあるもんな。こっちに証拠があるでもなし。ただな、俺はお前という一人の人間に感想が聞きたかったんだよ」

「感想だと。俺にいったい何の感想が聞きたいんだ」

「どんな気分なんだ？」

「何？」

神志名はゆっくりと黒崎の正面に立ち、まっすぐ黒崎を見つめた。

「自分が仕掛けた詐欺のせいで人が死ぬのは、どんな気分なんだ？」

じっと黒崎を見つめる神志名。その視線をまともに受ける黒崎。時間は永遠のように感じられる。黒崎はからみつく神志名の視線から逃れるようにふっと、目をずらす。

ひと呼吸、ふた呼吸。

「なんの話か、全然分からねえよ」

黒崎は神志名に目もくれず歩き去っていく。

一人残された神志名は、タバコに火をつけながら小さくなっていく黒崎の後ろ姿を見つめている。

「殺されたのは自分のせいじゃない。そんなことを言うほどあいつもバカじゃないか。それを言えば鷹尾に対して詐欺を働いたことを認めるようなものだ」

薄暗がりにタバコの火が紅《あか》い。

「おまえは鷹尾を死なせるつもりはなかったと言いたいのかもしれないが、自分が原因だってことはよく分かっているはずだ」

タバコをもみ消すと、神志名も戻っていく。

「結局、お前も、お前の父親を殺したシロサギ連中と同じじゃないか。人を騙し、金を奪い、そして殺す。黒崎、俺はそういう人間を絶対に許さないし、認めない」

綿貫裕二郎。それが本当におやじが倒したかった相手。俺はまったく知らなかった。だが、それはまだいい。まだ我慢できる。一番許せないのはそんなことじゃない。神志名と別れた黒崎はあきれるほどゆっくりと歩を進めていた。勢いのまま桂に行ったら自分が何をしてしまうか、怖かったのだ。

父親が会社をなんで辞めたのか謎《なぞ》だった。フランチャイズチェーンなんかに手を出し、それが詐欺だったがために大借金を背負うことになった。独立開業なんかせずに、会社に勤めていればよかったのに。ずっとそう思っていた。

だが、今の俺にはよく分かる。父親が会社を辞めたわけが。あの頃の日本は、バブル経済崩壊で不況のどん底にあった。リストラという名のもとに首切りは横行し、年功序列も終身雇用も雲散霧消した。

父親はそのため早期退職という道を選んだのだ。少しでも多くの退職金を得て、それを資金に新たな仕事をしようと考えた。けれども、その資金はフランチャイズチェーン詐欺によって消えてしまった。

もし、桂木の仕掛けた詐欺が、あの倒産詐欺が日本経済の立ち直りを遅らせ不況を拡大させたのだとしたら、親父が早期退職を選んだ原因を作り出したのも桂木だ。

ならば、俺の人生は父親によって家族を失うことになった、そのずっと前から桂木に握られていたってことじゃないか。あのじじいに支配されていたんじゃないか。クロサギにならなくても……。

エピローグ

「シロサギ連中はフロント企業と警察によって完全に崩壊させられたよ。ま、俺もＰＣキングスとして受け取った手形も割ったし、たっぷりと偽造した手形で儲けはそこそこ行ったからね。リベンジマッチとしては上々の仕上がりってとこかな」

バー桂、いつものように桂木はカウンターに背を向け、黒崎はスツールに斜めに座っている。早瀬の姿は見えない。おそらくは、奥の小部屋にいつものように控えているのだろう。

「悪くない結果ってことだね。あんたも満足しただろ。本当に潰したいと思っていた綿貫が捕まってさ」

桂木はじっとボトル棚を見つめている。またボトルの移動を考えているのだろうか。

「だけど、なんで最初から綿貫の情報を俺に売ってくれなかったんだい？　そうすればもっと早く終わったかもしれないのにさ」

黒崎も黙って答えを待つ。

「ああ、やっぱりそうか」

「あん？」

「これはスコッチではないな。なぜ、ここに置いたんだろう」

「あんたと話してると時々俺は自分の頭の悪さに絶望したくなることがあるよ」

「わしのほうが絶望している」

「つまるところ、あれだろ。俺にはまだ綿貫を喰うだけの力はない。そう判断したんだろ。それともあれか、御木本のようにまだ喰われちゃまずい利用価値のある相手だったのかな、少なくとも俺にネタを売った段階ではさ」

黒崎は御木本の名前を話すたびに胸が痛む。父親を騙し、一家心中に追い込んだ直接の敵。クロサギになろうと決意したのは、シロサギを喰い続けていればいつか御木本を喰うことができる、そう信じているからだ。

「あいにくだったね。俺、石垣のついでに綿貫も喰っちゃったよ。ま、偶然のなせる技ってやつだろうけどさ」

「詐欺は経済の食物連鎖だ」

突然、桂木がまともに答えだした。

手には先ほどクレームをつけたボトルを握りしめている。

「十二年前。完結させたはずの連鎖を、またもや勝手に動かした男がいる。生態系を壊せば喰うべき相手がいなくなり、肉食動物は滅びるしかなくなる。ならばすべきことはひとつだ」

ここだったな、とボトルを戻す桂木。

「自然界は食物連鎖で成り立っている。われわれ人間はその頂点に位置しているわけだ。本来ならばこの人間を食するものがあってもいい。だが、それがない。我々には天敵がいない。だから自然はどんどん破壊されていく」

「小難しい話だね」

「詐欺も同じことだ。小さい詐欺師は大きい詐欺師に喰われる。そして、シロサギはクロサギに喰われる」

「ほお、じゃあ俺が頂点にいるわけ？」

「クロサギはわしの情報がなければ、餌にありつけない。だが、わしは頂点ではない。わしは無力だ」

「よく言うよ、あんたが何をしたかぐらい俺だって分かってるんだぞ」

「わしは、詐欺の世界とは無縁になろうと思っていた。だが、あの暴走を止めるために再び戻ってしまった。そして、もはや抜けることはできない」

無縁になろうとしただと。とんでもないことを言い出す。

「時間は元に戻らん」

「当たり前だ。戻るなら」

「お前はクロサギになる前に戻りたいのか？」

「……答えたくない」

桂木はゆっくりとカウンターに体を向けていく。顔はやや下を向いたままだ。

「綿貫はお前にはまだ喰えないと思った。力不足だろうと思った」

「あっそ。あんたの目も狂うことがあるってわけだ」

「その通りだな」

黒崎は両目を見開いた。なぜだ、どうして俺の話を肯定する。

「身の丈に合わないシロサギであっても、お前は目の前にいれば必ず喰いつく」

「あたりまえだ。それが俺の仕事だ」

「もし、お前に綿貫の情報を流して、お前が失敗したらやつは逃げてしまうだろう。そういう勘は図抜けているやつだ」

「あんたから切られても十年以上のうのうとこの世界にいたわけだもんな」

半畳を入れるなとばかりに桂木が黒崎をにらんだ。久しぶりに見る、闇の目。黒崎はたじろいだ。

「だが、お前は綿貫を潰した……見事に喰った。わしの見込みに反してな」

桂木はゆっくりと丸椅子に腰を下ろした。目の前にはグラス、そして、あの布が置いてある。だが、手には取らない。

「たとえ、むやみに生態系を破壊するような愚か者であっても、経済連鎖という側面だけを見れば優秀な者もいる。それが綿貫というやつだ。自分の頭の良さを承知した上で、それに酔うことのできるやつだ。お前に喰えないと思うのは当然だろう。お前は自分の頭をまだまだ信頼していなし、使えてもいないからな」

黒崎は黙り込んでいた。

「その綿貫をお前は完璧に喰ったのだから、今回だけは、」

桂木は黒崎のほうに顔を向けた。だが、視線は合わせてこない。

「よくやったと言うべきなのだろう」

それだけ言うと、桂木はグラスと布を手に取り、終わることのないグラス磨きを始めた。これ以上はもう何も話すつもりはないわけだ。

「人を褒めるなら、もう少し素直に褒めたらどうなんだよ」

黒崎はゆっくりと立ち上がった。

「じゃ、また連絡待ってるよ」

出口へと向かっていく。

「用があればな」

グラスを磨きながら、桂木は呟いた。

外は豪雨だった。

あの日もそうだった。

初めて桂木に会った日。

いや、会ったのではない。桂木を殺そうとした日。

土砂降りの雨の中、俺は惨めに転がっていた。

今もまた、桂木の手の中で踊らされて俺は雨の中にいる。

「彼を信じてはダメ」

さくらの声が聞こえる。

「法律は完璧じゃないかもしれない。でも、やっぱり犯罪は法律が裁くんだよ」

氷柱の声。

「自分が仕掛けた詐欺のせいで人が死ぬのは、どんな気分なんだ？」

そして、神志名。

「……るさい、うるさい、静かにしてくれ……」

黒崎は土砂降りの中、路地に坐り込んだ。容赦なく雨が全身を濡らしていく。

「俺は……俺は……諦めないだけだ。俺からすべてを奪い取ったやつらを喰うまで。御木本を、そして桂木を喰うまで」

豪雨がすべての音をかき消していく。

「俺は、諦めない」

「俺はクロサギだ」

解説

黒丸

私が夏原武先生に初めてお会いしたのは、今から約5年前。まだ漫画『クロサギ』の企画が始まったばかりで、ヤングサンデーの担当編集・田中《たなか》さんの「詐欺師が詐欺師を騙す」というアイディアから始まった物語を、一緒に作ってくれるブレーンとしてご紹介を受けました。夏原先生は、長年社会のさまざまな闇の部分を綿密に取材され、文章にして発表されてきたルポライターさんでしたが、その一方で、漫画というエンターテインメントに非常に価値を見出だしてくださっている貴重な方でした。

そしてこの度、4年間以上共に作り上げてきた漫画作品『クロサギ』が、小説として新たに生まれ変わることになりました。しかも豪華なことに、夏原武先生自らがペンをとって。

私は、この『小説 クロサギ』は、漫画『クロサギ』の小説化というよりは、「もう一つのクロサギ」と言うべきだと思います。

漫画ではほとんど描かれない「親爺《おやじ》」桂木の心情が描写され、また小説ならではの表現で、黒崎と桂木の出会いのシーンも登場します。何よりも、漫画では描ききれなかった「詐欺」部分の詳細なカラクリ、それが緻密に描かれていることが、重要なポイントと言えるでしょう。

漫画には、制作日数やページ数という制約がつきまといます。そのため、これまでに何度も夏原先生からいただいたたくさんの面白い小ネタや、詐欺の詳細なカラクリを削らざるを得ず、その度に私も、すべてを表現できない歯がゆさを感じてきました。

今回この小説には、詐欺グループ内のリアルな会話や、詐欺師を「教育する」場面までが登場します。漫画『クロサギ』に触れてきた読者の方の目にも、これらの場面は新鮮に映るのではないでしょうか。また、そういったいわゆる〝闇〟の描写に説得力を出せるのも、夏原先生がしてこられた膨大な取材によるところが大きいと思います。

漫画とはまた違った魅力を放つ黒崎、桂木、たくさんの詐欺師たち。

彼らの激しい頭脳戦を、小説という新しいメディアで、ぜひお楽しみください。

ちなみに、私が夏原先生に初めてお会いしたのは、東京・御徒町。そのファーストコンタクトがあまりにインパクト大だったため、御徒町は桂木の棲む街になってしまいました。

（くろまる／漫画家）

本書のプロフィール

本書は、映画「クロサギ」の公開に際して、原作「クロサギ」原案者が書き下ろしたオリジナル小説です。

小説《しょうせつ》　クロサギ

著者　夏原武《なつはらたけし》　原案協力《げんあんきょうりょく》／黒丸《くろまる》

二〇〇八年二月十一日　初版第一刷発行

編集人――稲垣伸寿
発行人――佐藤正治
発行所――株式会社　小学館
〒一〇一-八〇〇一
東京都千代田区一ツ橋二-三-一
電話　編集〇三-三二三〇-五一三四
販売〇三-五二八一-三五五五
印刷所――中央精版印刷株式会社

ISBN978-4-09-408245-6

小学館文庫